... **und ich sage noch!**

© 2008 hallo Sonntag

Herausgegeben von:
Sonntags Medien GmbH & Co. KG
August-Madsack-Straße 1, 30559 Hannover, info@hallo-sonntag.de
www.hallo-sonntag.de

Unter Mitarbeit von:
Madsack Supplement GmbH & Co. KG
Stiftstraße 2, 30159 Hannover, team@madsu. de

Umschlagfoto: Thomas Oberdorfer
Produktion: Detlev Brümmendorf
Druck: akzent-druck gGmbH, Hannover

ISBN 978-3-940308-27-6

Bibliografische Information der Deutschen Bibliothek
Die Deutsche Bibliothek verzeichnet diese Publikation
in der Deutschen Nationalbibliografie; detailierte bibliografische
Daten sind im Internet über http://dnb.ddb.de abrufbar.

Wilfried Schmücking-Goldmann

… und ich sage noch!

Die besten Glossen aus »hallo Sonntag«

Mit einem Vorwort von Valentin Schmidt

Inhalt

Vorwort	6
Anhand	9
Weihnachtshase	10
Frauenpower	11
Ort der Stille	12
Vergessen	13
Klingelterror	14
Älter	15
Queren	16
Vorsicht	17
Gedonner	18
Klatschen	19
Der Papst machts	20
Farbe bekennen	21
Schreiten	22
Schluckauf	23
Gurken	24
Wunden	25
Überwintern	26
Über Wasser	27
Blauer Dunst	28
Hitzefrei	29
Currywurst	30
Bedeutung	31
Ernst des Lebens	32
Wünsche	33
Siesta	34
Endfigur	35
Wegwerfen	36
Tapetenwechsel	37
Braucher (1)	38
Braucher (2)	39
Braucher (3)	40
Vergehen	41
Sonnenbrand	42
Taktlos	43
Schall und Rauch	44
Hasenei	45
Wie's Wetter	46
Im Bett	47
Zum Guten	48
Wichtig	49
Kaufen	50
Untergang	51
Übersteuert	52
Ungeschrieben	53
Müßiggang	54
Magisch	55
Luft holen	56
Endlich	57
Zahnlos	58
Fahr Rad	59

Geduld	60
Erregung	61
Wohlness	62
Geschenk	63
Entsorgen	64
Draußen	65
O Tannebaum	66
Ritterlich	67
Überdruss	68
Was bleibt	69
Koffer	70
Ende	71
Durchschnitt	72
Abwarten	73
Wintergefühl	74
Zelle	75
Weit weg	76
Lotto	77
Im Traum	78
Geister	79
Umschalten	80
Gewitterparty	81
Werbung bitte!	82
Heizend	83
Kleiner Vogel	84
Riegeln	85
Im Dschungel	86
Verlierer	87
Überläufer	88
Blätter fallen	89
Augenblick	90
Kleider	91
La Mer – La Muh	92
Guten Rutsch	93
Über die Wolken	94
Dabei sein	95
Feiern	96
Spaziergang	97
Gewitter	98
Ein Lächeln	99
Beim Weine	100
Baumologie	101
Besinnung	102
Weihnachtsfrau	103
Abwasch	104
Engel	105
Gruselhuhn	106
Goldene Tage	107
Yesterday	108
Übermorgen	109
Darüberschnee	110
Nachleben	111

Vorwort

Die modernen Massenmedien – Hörfunk und Fernsehen wie auch die herkömmlichen Printmedien – haben mehrere Funktionen zu erfüllen: Sie informieren, sie unterhalten, sie interpretieren und kommentieren. Die Prozesse in unserer Gesellschaft entwickeln sich differenzierter, werden unübersichtlicher. Die Globalisierung verlangt nach Erkennen neuer Zusammenhänge. Die Komplexität unserer Gesellschaft löst neue Orientierungsfragen aus. Dazu können die Medien hilfreich sein. Sie beschreiben den Lauf der Welt und die Gesellschaft in ihrem aktuellen Zustand. Es ist ihre Aufgabe, Probleme, die die Menschen berühren und mit denen sich auseinanderzusetzen ein Kennzeichen von allgemeiner Bildung ist, präsent zu halten und intellektuell durchsichtig zu machen. Und das ist eine besondere Herausforderung für die Printmedien. Der Theologe Michael Schibilsky hat sie – die Printmedien – als die eigentlichen Medien der Freiheit bezeichnet: Ich entscheide, wann ich was wie lange und mit welcher Gründlichkeit lese.

Deutschland verfügt über eine vielfältige Landschaft der Printmedien. Täglich kann man zwischen Zeitungen, die sich an unterschiedlicher Zielgruppen richten und sich durch unterschiedliche Qualtätsstandards auszeichnen, auswählen. Auch der Sonntag ist für die Zeitungen kein Ruhetag. Immer wieder sonntags flattert auch in Hannover in die Briefkästen eine kostenlose Sonntagszeitung. Seiten voller Werbung als Einkaufshilfen werden durch Artikel mit kurzen redaktionellen Textbeiträgen, meist mit regionalem Bezug, garniert. Lose Texte, nicht von Dauer, nur ein leiser Wochenschauer ... so wie es einst liebevoll die »Insulaner« besungen haben. Neben dem informativen Sportteil, den ich gerne lese, findet meine besondere Aufmerksamkeit die kommentierende Glosse von Willi Schmücking-Goldmann auf »Seite 2.«

Kommunikationswissenschaftlich gesehen gehört der Kommentar zu den politischen Funktionen der Massenmedien. Im Gegensatz zur Nachricht nimmt der Kommentar eine Wertung vor, er ist also nicht nur Information, sondern vertritt eine Meinung. Aufgabe des Kommentars ist es, ein Ereignis, ein Geschehen zu werten, einzuordnen. Der Kommentar bereitet ein Ereignis für den Leser auf, provoziert ihn zum Nachdenken, zur eigenen Meinungsbildung, gibt ihm für die Diskussionen Argumente in die Hand. Der Kommentar macht aber auch den Leser mit dem Standpunkt des Journalisten, der Zeitung bekannt.

»Die grösste Gefahr für jeden Kommentator besteht darin, dass er an seinem Publikum vorbeikommentiert. Wenn die Leserinnen und Leser von ihren Kenntnissen und ihrem Bewusstseinsstand her den Weg der Gedankenführung mit dem Kommentator nicht mitgehen können, weil er irgendwo unterwegs auf der Strecke bleibt, ist die Chance des Kommentars vertan«, so Walther von La Roche in seiner »Einführung in den praktischen Journalismus«

Um die Funktion der Meinungsbildung zu erfüllen, muss der Kommentar transparent sein. Die Gedankenführung des Kommentierenden muss offengelegt sein. Nur wenn der Leserin und dem Leser ersichtlich ist, aufgrund welcher Argumente der Kommentator zu seiner Einschätzung gelangt, wird eine freie Meinungsbildung möglich. Kann die Argumentation nicht nachvollzogen werden, bleibt der Kommentar unverständlich, erfüllt seine Funktion nicht oder verkommt zur Polemik.

Der Beitrag von Willi Schmücking-Goldmann auf »Seite 2« ist ein Vorbildkommentar, klar in der Sprache, präzise in der Beobachtung, nicht nur des großen Weltgeschehens sondern auch der Banalitäten des Alltags, der menschlichen Stärken und Schwächen, nie verletzend. Schmücking-Goldmann ist sachkompetent, denn er weiß, worüber er schreibt. Er ist glaubwürdig, weil man ihm die Unabhängigkeit als personale Eigenschaft und jornalistisches Gütesiegel zuschreibt, er wirkt dadurch vertrauenswürdig. Man spürt in vielen Beiträgen den Wertekompaß, von dem er sich leiten lässt – oft ein Wort zum Sonntag, das auch noch nachdenklich für den Gang durch die Woche macht. Sein Kommentar ist häufig genug menschenfreundlich, weil er die Leserinnen und Leser ermutigt, sich gegenüber den Mitmenschen respektvoll und rücksichtsvoll zu verhalten. Er ist menschenfreundlich, weil er auch das leichte humorvolle Blinzeln in den Augenwinkeln nicht zu kurz kommen lässt. Es ist ein Gewinn, diese Beiträge nun noch einmal in diesem Büchlein nachlesen zu können.

von Valentin Schmidt, dem ehemaligen Präsidenten des Kirchenamtes der Evangelischen Kirche in Deutschland (EKD). Seit 2005 ist Valentin Schmidt Sportbeauftragter des Rates der EKD.

8

Anhand

Beim Schreiben fiel mein Blick auf meine Hand. Im Halbdunkel sah ich die Furchen an Fingern und Handfläche. Das Zwielicht warf Schatten in die Linien. Klein, kurz sind sie an den Fingern, lang in der Handfläche. Schraffuren, unmerklich kaum, von Arbeit und Müßiggang gezogen, von der Zeit geprägt. Nicht zu trennen. Spuren im lebendigen Heute und Narben des Gestern.

Drei Furchen ziehen sich über die Handfläche mit Nebenästen, Tälern, die ebenso unvermittelt im weichen Fleische enden, wie sie beginnen.

Um ihr Ende zu sehen, muss ich die Hand drehen und wenden. Einer der Äste heißt Lebenslinie, ein weiterer Kopflinie, der dritte Herzlinie, so habe ich erfahren. Mein ganzes Leben in meiner Hand.

Weise Frauen lesen in diesen Furchen wie in einem Buch. Tatkraft und Mutlosigkeit, Liebe und Abneigung, das ganze Leben soll sich in diesen Verästelungen niederschlagen. Gradlinigkeit oder Verstiegenheit wohl im Wesentlichen. Ich verstehe mich nicht darauf.

Auf den Gebrauch der Hand verstehe ich mich dagegen schon. Was man nicht alles mit ihr ausdrücken kann. Ohne sie würde man nichts begreifen. Streicheln, kratzen, kraulen, massieren. Die Finger ballt man zur Faust oder streckt sie aus. Mit der Hand kann man fröhlich winken oder den Mittelfinger ausstrecken, ein Loch zwischen Zeigefinger und Daumen bilden sowie den Daumen senken oder heben.

Schwören kann man mit der Hand. Zählen lernt man mit der Hand und das Fürchten. Mit einem Knall traf die Hand des Vaters ins Gesicht oder auf das Hinterteil. In der Schule musste man die Hand vor dem Direktor ausstrecken, der mit dem Rohrstock darauf niederschlug.

Zupacken oder abwehren: Ohne die Hand hätte es wohl keine Menschengeschichte gegeben und nicht diesen Text. Meine liebste Handbewegung aber ist es, die Hand auszustrecken zum herzlichen Willkommen ...

Weihnachtshase

Eigentlich sollte man kein Wort mehr darüber verlieren, denn seit Jahren ist es immer das gleiche Spiel: Sofort nach den Sommerferien räumen die Supermärkte ihre Regale mit Christstollen und Lebkuchen voll.

Auch diese Zeilen werden daran nichts ändern, wollen es auch gar nicht. Jedes Unternehmen soll schließlich selbst entscheiden, wann es womit sein Geld verdient – und die Kunden dafür sind offensichtlich da, sonst würde sicher niemand ein unternehmerisches Risiko eingehen.

Zudem muss ich gestehen, dass auch mir durchaus das Wasser im Mund zusammenläuft, wenn ich all die vorweihnachtlichen Leckereien sehe. Aber das scheint wohl eine typische Männerkrankheit zu sein, die kommen ja sprichwörtlich immer zu früh.

Während einen in diesem Falle angeblich die Frauen bestrafen, sollte im Fall des frühen Lebkuchens allerdings das eigene Gewissen ein wenig Alarm schlagen.

Ist es wirklich nötig, dass alles immer und überall zu haben ist? Wer käme ernsthaft auf die Idee, im Hochsommer Grünkohl zu essen? Und ist es nicht immer eine knisternde Freude, im Frühjahr den ersten Spargel zu essen?

Nur mit den Weihnachtsleckereien hat man kein Mitleid. Dabei sprechen nicht nur moralische Argumente gegen den ewigen Lebkuchen. Auch unternehmerisch ist es einigermaßen fragwürdig. Denn nur knappe Ware treibt den Preis nach oben. Was immer und ewig zu haben ist, lässt die Kassen mäßig klingeln – aber immerhin klingeln. Deshalb kann man wohl auch nur moralische Argumente ins Feld führen: alles zu seiner Zeit.

In Zeiten, da man Nachrichten in Sekundenschnelle einmal um den Erdball schicken kann, gerät die Zeit schnell durcheinander – bis in meinen Supermarkt.

Nicht nur, dass man dort bereits jetzt Christstollen kaufen kann. Gleich daneben liegen die bunt bemalten Ostereier. Jetzt sollten wir den Kindern noch beibringen, dass zu Weihnachten der Weihnachtshase kommt …

Frauenpower

Weiter geht es mit dem neuen Deutschland-Jubelgefühl. Noch sind wir zwar nicht nur Papst, sondern auch Weltmeister, aber wer zweifelt jetzt noch ernsthaft dran. Klinsis Jungs packen das.

Die Mädels haben es ja auch gepackt. Jawoll, die Frauen. Die sind nämlich schon Fußball-Weltmeister. Und das nicht nur auf dem Platz. Vor allen Bildschirmen sitzen mittlerweile fast genauso viele Frauen wie Männer und zittern mit »ihrer« Nationalmannschaft.

Und es sind nicht nur die Spielerfrauen, die in der englischen Boulevard-Presse mittlerweile fast eine größere Rolle spielen als ihre Männer – vor allem wenn sie auf Seite drei ihre Oberweite freilegen.

Nein, es sind Frauen wie meine zum Beispiel, die früher nicht so genau erklären konnten, was Abseits ist, und »Beckham« höchstens als Parfümmarke kannten. Seit dem 9. Juni 2006 ist die Welt eine andere. Kein Morgen vergeht, an dem nicht die gestrigen Spiele noch einmal durchleuchtet werden: »Hast Du diese Schrupper gesehen?«, »Der Schiri war vielleicht 'ne Pfeife« oder »Klasse gemacht von Ronaldinho« – diese und ähnliche Kommentare darf ich mir anhören.

Das ist aber noch nicht alles. Neulich kam meine Frau mit Ohrringen in Gestalt von Fußbällen an, und ihre beste Freundin hat für uns »Fan-Sets« mit Flagge, Schal und Schminkset gekauft. Diese WM ist die WM mit Frauenpower.

Dabei hatte kürzlich ein wohl etwas verwirrter Philosoph behauptet, Fußball sei eine reine Männerangelegenheit, weil er den Urinstinkt des Jagens anspreche. Des Tore-Jagens. Nun, meine Damen, das haben sie mit ihrem Urinstinkt des Sammelns glatt widerlegt: Die Frauen sammeln Tore ...

Ort der Stille

Was, wenn alle Worte gesagt, alle Gedanken gedacht und alle Sätze formuliert sind? »Der Rest ist Schweigen«, lehrte uns dazu der Dänenprinz Hamlet. Schweigen und Stille.

Aber auch die Stille hat ihren Ort. So genannt wahrscheinlich, weil man seine Geschäfte dort allein schweigend in aller Stille abwickelt.

Das soll mal anders gewesen sein. Bei den alten Römern muss es am stillen Örtchen äußerst lautstark zugegangen sein, verrichtete man die Geschäfte aller Art doch nicht einsam, sondern in lustiger Gemeinschaft.

Die Zeiten sind längst vorbei und Stille ist wieder eingekehrt. Wenn ich mir auch manchmal ein bisschen mehr Leben an dem Orte wünschte. Und das kam so:

In einer eher zweitklassigen Kneipe drängte es mich aus der Hose. Ich suchte also das stille Örtchen auf. Das stand in seiner Angeschlagenheit dem Rest des Etablissements in nichts nach. Windschiefe Becken, zerfetzte Türen und kunstlos bekritzelte Wände. Aber was muss, das muss.

Ich schloss die Tür hinter mir, tat das, worüber man schweigt, und wollte dann so schnell als möglich den Ort stiller Ungastlichkeit wieder verlassen.

Doch leider hatte ich die Rechnung ohne die baulichen Mängel gemacht, denn unversehens hatte ich den Riegel in der Hand, der den Ort der Stille vom lauten Leben abschließt.

Und trotz allem redlichen Bemühen, den Verschluss zu öffnen, gelang es mir nicht, mich zu befreien. Auch den Gedanken, mich unter der leicht erhöhten Tür hindurchzuzwängen, verwarf ich gleich wieder. So dünn war ich denn trotz allen Abnehmens nun doch nicht. Ich war in der Stille gefangen.

Rettung war nur zu erwarten, wenn ich den Ort der Stille entweihte und kräftig zu rufen anfing. Doch auch das fruchtete nicht. Niemand kam.

Schon fürchtete ich, mein Leben auf ein mal ein Meter in Gesellschaft der verdreckten Dreieinigkeit aus Spülkasten, Becken und Bürste beschließen zu müssen, da näherten sich die Schritte der Hoffnung.

Mit einem kurzen Dreh war ich befreit und um die Erfahrung reicher, künftig zu prüfen, wohin man sich findet ...

Vergessen

Puh, endlich kann man wieder durchatmen und muss sich nicht mehr ständig für die feuchten Flecken an der Hose entschuldigen. Die tropische Hitze hat sich einstweilen verzogen und mit ihr auch zahlreiche meiner Mitmenschen.

Bislang brauchte man ja auch nicht in die Ferne schweifen, denn die Sonne war ganz nah.

Nun aber ist Ferienzeit. Das merkt man vor allem daran, dass wir wesentlich weniger Post erhalten und man in den Pressestellen niemanden erreicht – das Sommerloch lässt herzlich grüßen.

Allerdings hat so eine entvölkerte Stadt auch ihr Gutes: In Bus und Bahn findet man immer einen Sitzplatz, und im Restaurant muss man nicht lange auf die Bedienung warten.

Warten müssen nur die, die davongefahren sind: im Stau auf der Autobahn. Da kann man wirklich nur froh sein, dass die Temperaturen in die Knie gegangen sind. Denn bei Hitze kann so ein Urlaubstag in der Blechkiste schnell zum Alptraum werden. Quengelnde Kinder, eine gestresste Ehefrau – da kann man schon mal die Nerven verlieren. Wie jener Mann, von dem ich in der Zeitung las, dass er seine Frau an der Autobahnraststätte vergessen hat. Dabei dürfte es sich allerdings eher um Vorsatz als um Zerstreutheit gehandelt haben.

Vielleicht kann man ihm aber sein Alter zugute halten, denn mit zunehmendem Alter nimmt auch das Vergessen zu.

Das stelle ich immer öfter an mir fest. Hin und wieder bleibt zu Hause das Bügeleisen an oder die Fenster unverschlossen.

Am schlimmsten hatte es mich aber neulich im Zug erwischt. Als der Ruf »Die Fahrkarten bitte!« ertönte, ging die Sucherei los. Leider ergebnislos. Ich hatte die Fahrkarte vergessen.

Auf meinen Wunsch, die Fahrkarte doch später dem heimatlichen Bahnhof vorzulegen, wollte der freundliche Schaffner nicht eingehen. Seine unmissverständliche Antwort hieß erhöhtes Fahrgeld. Schusseligkeit kann schon ziemlich teuer sein.

Manche Dinge sollte man halt nicht vergessen. Andere wiederum kann man getrost vergessen. Welche das sind? Nun, das habe ich jetzt leider vergessen …

Klingelterror

Es gehörte zu den beliebtesten Mutproben meiner Kindheit: Mit der ganzen Handfläche drückten wir auf die Klingelfläche und rannten davon.

Hinter uns hörten wir die Türöffner summen und aus der Gegensprechanlage tönte es durcheinander: »Hallo, wer ist denn da?«, »Hallo, hallo«, »Unverschämtheit« und so weiter. Das klappte natürlich nur an Häusern, die damals bereits über Außenklingeln verfügten – eine Seltenheit. Und gerade das machte wohl auch den Reiz des Kinderstreiches aus. Heutzutage kommen wohl nur wenige auf solche Streiche – ich zumindest habe es bei mir zu Hause noch nicht erlebt.

Was einem in den eigenen vier Wänden selten passiert, kann man dafür in der Öffentlichkeit ständig erleben. Der Klingelterror ist allgegenwärtig. Ob in Bahn, Bus, Kneipe, Büro oder Behörde: Überall ist Handyklingeln zu hören.

Dabei ist das oft gar kein Klingeln mehr. Das Lieblingsmusikstück tönt da völlig verzerrt aus den tragbaren Sprechknochen oder ein seltsames Gesäuse.

Schließlich hat man ja auch teuer genug dafür bezahlt. Manche Jugendliche sollen ihr ganzes Taschengeld mittlerweile für Töne ausgeben. Besser wäre es vielleicht, sie würden es in Noten anlegen – in Banknoten. Da hätten sie mehr davon und würden ihren Mitmenschen nicht so auf die Nerven gehen.

Den Höhepunkt der Klingelgeschmacklosigkeit habe ich neulich in der Bahn vernehmen müssen. Dort schrie plötzlich herzzerreißend ein Kind. Alle Fahrgäste sahen sich um, aber es war kein Kind zu sehen – nur ein Jugendlicher, der sein Handy aus der Tasche zog: »Ja bitte!«

Schlimmer gehts wohl nimmer. Außer vielleicht bei dem derzeit beliebten Nazi-Liedchen »Die Fahne hoch« und ähnlichem.

Ich hab so das Gefühl, dass man den Klingelterror nicht übertreiben sollte. Irgendein Politiker wird sicher bald auf den Gedanken kommen, Handys in öffentlichen Einrichtungen verbieten zu wollen ...

Älter

Es kommt langsam und beinahe unmerklich. Nur hin und wieder machen sich ein paar Anzeichen bemerkbar.

Wie am vergangenen Wochenende. Ich besuchte zu späterer Stunde ein Volksfest. Die Stimmung war schon einigermaßen heiter, das Bier floß in Strömen.

Mit dem steigenden Fröhlichkeitspegel sank, wie das so üblich ist, die Hemmschwelle zwischenmenschlicher Begegnungen.

Unvermittelt sprach mich zu fortgeschrittener Stunde eine Dame fortgeschrittenen Alters an.

Zunächst behauptete sie, mich zu kennen: »Sind wir uns nicht schon irgendwann begegnet? Ich bin mir sicher, dass …« Schon die Worte hätten mich nachdenklich machen sollen. Nur bin ich in Sachen Flirt ein wenig plump und erst das folgende Angebot, sie zu begleiten, ließ mich die Fährte aufnehmen: Die ältere Dame hatte es auf mich abgesehen.

Man fühlt sich schon etwas geschmeichelt, wenn man noch so viel Attraktivität ausstrahlt. Doch ich lehnte das gut gemeinte Angebot mit Hinweis auf meinen glücklichen Ehestand ab.

Nun wäre das Ereignis nicht weiter erwähnenswert, wenn es nicht ein weiteres Anzeichen wäre. Ich werde älter – oder wie ist sonst der Umstand zu verstehen, dass mich ältere Damen ins Auge gefasst haben? Für die jüngeren bin ich offenbar immer mehr der gütige Großvater. Und die Anzeichen häufen sich. Neulich bekam ich eine Statistik zum Wahlverhalten der Generationen in die Hände. Von fünf Altersstufen habe ich bereits die vorletzte erklommen – ich werde älter.

Das ist unübersehbar. Konnte ich mir früher die grauen Härchen noch einzeln auszupfen, so müsste ich mir heute schon eine Glatze schneiden, um die Dinger loszuwerden.

Aber warum sollte ich? Schließlich ist das Älterwerden keine Krankheit. Ganz im Gegenteil. Irgendwie freue ich mich drauf. Vielleicht sieht man die Welt dann etwas gelassener. Und noch ist nicht Winter. Erst kommt der Herbst …

Queren

Die Zeiten ändern sich: Dazu fällt mir immer eine Geschichte ein, die ich im Urlaub im hohen Norden erlebte.

Wir bewohnten ein schönes Blockhaus in beinahe unberührter Natur und nahmen uns vor, die Gegend mit dem Fahrrad zu erkunden. Nur leider war uns die Gegend völlig unbekannt, und im Gegensatz zu einem Pferd kennt so ein Drahtesel selten den Weg.

Es musste also eine Karte her. Nur konnten wir weit und breit zunächst keinen Laden entdecken, der Kartenmaterial hatte.

Da fiel mein Blick am nächsten Tag auf die Wand unseres Blockhauses: Da war mit kleinen Nägeln eine Karte an die Wand geheftet. Etwas verblichen zwar das gute Stück, aber nach kurzer Prüfung musste es sich um eine Karte unserer Umgebung handeln.

Damit stand der ersten Fahrradtour nichts mehr im Weg. Die Karte wies uns zuverlässig die Richtung – bis, ja bis wir plötzlich vor einem Kartoffelacker standen.

Ein Blick nach links und ein Blick nach rechts offenbarten, dass der Weg hier eindeutig an sein Ende gekommen war – auch wenn der Blick auf die Karte etwas anderes behauptete. Dort war, wenn auch ein wenig verwaschen, ein Weg eingezeichnet.

Hier hatte offenbar ein Bauer der Theorie ein Stück Realität in den Weg gepflanzt. Aber wir ließen uns davon nicht beirren. Nach kurzem Ratschlag beschlossen wir, den geplanten Weg fortzusetzen. Allerdings schulterten wir die Räder und suchten vorsichtig zu Fuß einen Pfad durch die Ackerfurchen, da gleich gegenüber der Bauernhof stand und wir mit einer Reaktion des Bauern rechneten. Womit wir Recht behielten. Denn gerade hatten wir den Acker überquert, kam bellend ein Hund auf uns zu und der Bauer gleich hinterdrein. Zwar verstanden wir seine Sprache nicht, die Gesten aber waren eindeutig.

Nachdem wir ein paar Schimpftiraden über uns hatten ergehen lassen, zog ich die Karte aus der Tasche und hielt sie dem Bauern unter die Nase. Da wurde der merklich ruhiger, ja sogar freundlich. Mit einem Schmunzeln wies er auf eine Zahl am unteren Eck der Karte: 1952 stand da. Die Karte war uralt.

Nach dieser Entdeckung lud uns der Bauer zum Kaffee ein, und beim Geplauder meinten wir herauszuhören, dass sich der Mann ganz besonders darüber gefreut hatte, dass wir den Acker nicht mit dem Rad befahren hatten.

Und wir haben gelernt, dass die alten Wege nicht immer die richtigen sein müssen …

Vorsicht

Die Szenen waren schauerlich. Ich fuhr mit meinem Rad über Land, wie ich das in letzter Zeit häufiger tue. Der Weg führte mich einen Berg hinunter auf eine belebte Kreuzung zu. Nur war sie diesmal nicht von abbiegenden Autos belebt.

Schon von weitem sah ich Polizei und Feuerwehr, beim Näherkommen dann auch den Grund ihrer geschäftigen Anwesenheit: Mitten auf der Kreuzung stand ein total zerbeultes Auto, auf der Straßenseite gegenüber lag ein Auto auf dem Dach. Rettungswagen waren nicht mehr zu sehen, die Situation ließ aber das Schlimmste ahnen.

Schwer bedrückt setzte ich meinen Weg fort. So etwa sieben Kilometer weit. Da ereilte mich der nächste Schock: An einer Kreuzung erwartete mich eine ähnliche Szene wie schon kurz vorher. Nur dass diesmal kein Auto auf dem Dach lag. Stattdessen hielten besorgte Helfer einen offenbar verletzten Radfahrer in den Armen. Hatte ich nur einen schlechten Tag erwischt oder war das Wetter schuld? Oder gar die schwarze Katze, die kurz vorher meinen Weg kreuzte? Die wahre Antwort liegt wahrscheinlich ganz woanders: in der Ungeduld, der Hektik und dem Stress.

Kaum ein Tag vergeht, an dem man nicht von solchen Unfällen hören muss. Und fast immer ist die Ursache überhöhte Geschwindigkeit und Selbstüberschätzung – oft zusätzlich gepaart mit Alkohol. »Eile tötet« ist an den Autobahnen plakatiert. Ein wahres Wort. Sicher muss man nicht im Schneckentempo durch die Landschaft kriechen. Ein wenig mehr Gelassenheit und Ruhe würde so manchen aber ganz gut tun: »Nimm dir Zeit und nicht das Leben« habe ich dazu auch schon gelesen.

Wer sich keine Zeit nimmt, ist schnell in der Ewigkeit. Bedauerlich ist nur, das oft zufällig Anwesende die Reise in die Ewigkeit mit antreten müssen.

»Die Ruhe kommt mit dem Alter« mutmaßte ein Kollege als wir über das Thema sprachen. Sicher ist bei den Unfällen auch oft jugendliche Ungeduld und Übermut im Spiel. Aber auch wir Älteren sind vor Streß und Hektik nicht gefeit. Ich zumindest denke meine Lehre aus den Szenen gezogen zu haben: Zeit nehmen ...

Gedonner

Ich stehe auf dem Balkon und sehe mit gemischten Gefühlen einem Feuerwerk zu. Und mal wieder fällt mir so ein Schwank aus der Jugend ein, der bis heute nachwirkt.

Damals hatten meine Eltern manchmal Zeit, mit uns Kindern eine Fahrradtour ins Grüne oder Blaue zu unternehmen, je nachdem. Das Grün/Blaue war meist der Flughafen. Dort gab es Eis und die neuesten Flugzeuge zu bestaunen.

Manchmal ging es aber auch ins Bunte. Das Bunte war dann ein Feuerwerk, das meist zum Beschluss des Schützenfestes stattfand.

Wir Kinder waren sogar Teil der Feuer-Inszenierung. Da so ein Feuerwerk zumeist von wegen der besseren Sichtbarkeit am späten Abend stattzufinden pflegt, wurden wir von den örtlichen Zeitungen mit Laternen ausgerüstet: »Da oben leuchten die künstlichen Feuerwerk-Sterne und hier unten leuchten wir«.

Mir sind, das darf ich dem Folgenden vorausschicken, die natürlichen Sterne viel lieber. Denn sobald das Gekrache losging, war ich verschwunden. Was so schnell auch niemand bemerkte, denn alle sahen mit weit geöffneten Mündern und »Ahh!« und »Ohh!« dem bunten Schauspiel am Himmel zu. Außer mir.

Ich hatte mich mit meiner Laterne in eine Ecke verkrochen, hatte den Mund geschlossen, die Augen zusammengekniffen und hielt mir die Ohren zu. Rumms, Bumms, Glitzer war so gar nichts für mich.

Dabei bin ich noch ein vergleichsweise harmloser Fall. Denn Gewitter zum Beispiel macht mir nichts aus. Ganz im Gegenteil: Oft stehe ich am Fenster und sehe dem gewaltigen Naturschauspiel zu. Anders als unsere damalige Nachbarin, die bei Gewitter auf gepackten Koffern im Hausflur saß.

Bei einem Feuerwerk hätte ich ihr glatt Gesellschaft geleistet. Dabei habe ich nichts gegen das bunte Lichterspiel aus glitzernden Sternen und goldenen Sternschnuppen. Wenn nur nicht dieses fürchterliche Gedonnere wäre …

Klatschen

Es gibt ein Leben nach dem Fußball. Bis vor ein paar Tagen hätte ich das auch nicht geglaubt. So lange hielt die Besoffenheit über Platz drei in der Welt an. Beinaheweltmeister – viel mehr kann man kaum wollen. Aber jetzt ist es gut mit dem runden Leder.

Ich folgte dem Rat eines deutschen Kabarettisten, dorthin zu fahren, wo kein Fußball gespielt wird – nach Österreich. Seit 28 Jahren zehren die vom legendären »Sieg von Cordoba« gegen die deutsche Elf. Danach haben sie sich ein »Viertele« genehmigt, an dem sie sich wohl noch heute festhalten, denn dazwischen lag eine genauso legendäre Niederlage gegen die Färöer-Inseln (hier neigt der deutsche Fußball-Fan immer zu einem verschmitzten Kichern). Sei es drum.

In zwei Jahren dürfen die Rotweißroten in drei Spielen ihre »Leibchen« (deutsch: Trikots) spazieren führen, denn dann richten sie gemeinsam mit ihren Alpenbrüdern aus der Schweiz die EM aus. Bis dahin ist himmlische Ruhe – wenn nicht alle eine Klatsche hätten.

Das soll nun wirklich nicht abwertend gemeint sein, aber wer hier in Österreich gerade keine Klatsche hat, ist arm dran, er wird nämlich von den Fliegen in den Wahnsinn getrieben. Bei uns im Dorf gibt es mittlerweile niemanden mehr, der keiner Fliege etwas zu Leide tun könnte.

Eine Gemeinschaft grausamer Killer hat sich hier zusammengerottet, vor der kein Brummer mehr sicher ist. Aber von wegen Herren der Fliegen. Sklaven der Fliegen sind wir. Wir fühlen uns wie die Kühe auf der Weide. Nur mit dem Unterschied, dass so eine Kuh zur Fliegerabwehr über einen buschigen Schwanz verfügt. Das will ich nun nicht weiter ausführen. Uns bleibt die Klatsche.

Und damit machen wir weiter, was wir die vergangenen Wochen gelernt haben: klatschen …

Der Papst machts

Das Wetter wieder. Natürlich. Für mich als Fußgänger ist das so etwas wie der Generalbass in der Barockmusik. Gerade jetzt, da ich hier sitze mit triefender Nase.

Ich habe mich erkältet – und Schuld sind die Meteorologen. Jawoll. Da bleib ich bei. Und das kam so:

Vergangene Woche musste ich eine Dienstreise nach Bonn antreten. Frühmorgens las ich Zeitung, sah fern, hörte Radio und warf sogar einen Blick in das Internet. Alle Medien, die ein moderner Mensch zur Information über das anstehende Wetter so nutzen kann, nutzte ich. Und alle waren sich einig: blauer Himmel und 28 Grad.

Perfektes Reisewetter also. Ich zog mir nur ein kurzes Hemd über und begab mich wohlgemut zum Bahnhof.

Doch was musste ich in der rheinischen Ex-Hauptstadt erleben? Vom Himmel nieselte leise der Regen aus grauen Wolken und statt 28 zeigte das Thermometer gerade mal 15 Grad. Ich schlotterte am ganzen Köper und wurde nass bis auf die Haut. Wie hab ich neulich so altklug gesagt: Es gibt kein schlechtes Wetter, es gibt nur falsche Kleidung. Eben.

Darum machte ich mich auf zum nächsten Kaufhaus und besorgte mir Jacke und Schirm. Zu spät allerdings, die Erkältung hatte ich mir eingefangen.

Seither denke ich darüber nach, ob man die Wetterfrösche nicht auf Schadenersatz verklagen sollte. Schließlich bin ich auf ihren Unfug hereingefallen. Die werden sich natürlich darauf berufen, dass sie das Wetter nicht machen. Recht haben sie.

Also muss ein anderer Schuldiger her. Petrus zum Beispiel. Aber auch der ist Geschichte. Oder? Moment: Es gibt doch einen Rechtsnachfolger von Petrus: den Papst. Also ist der am Wetter Schuld. Scheint sogar zu klappen, denn bei seinem Besuch in Deutschland war das Wetter klasse.

Darum werde ich mal davon absehen, mich beim Papst zu beklagen. Hätte eh keinen Sinn, mehr als gute Segenswünsche kriegt man vom ihm nicht.

Mal sehen, ob es gegen Schnupfen hilft ...

Farbe bekennen

Eigentlich sollten wir unseren Vorfahren dankbar sein. Denn haben Sie beobachtet, wie die Fans aus den USA verzweifelt versuchten, sich ihre Landesflagge auf die Wangen zu pinseln?

Da haben wir es dank Grundgesetz doch viel einfacher: Schwarz, Rot, Gold sind schnell und einfach aufgetragen und passen immer und überall hin. Auf Wange, Arm und Bein, manche sollen sich gar ihren Allerwertesten mit den Nationalfarben verziert haben.

Gut geeignet ist die deutsche Trikolore auch für den Haarschopf. Schwarz, Rot oder Goldblond hat hier zu Lande ja fast jeder als Grundhaarfarbe. Da muss man dann nur noch die zwei anderen dazufärben.

Ansonsten sieht es auf Deutschlands Straßen aus wie zuletzt wohl anlässlich des Hambacher Festes 1832: überall Flaggen in Schwarz, Rot, Gold. Ein Ausbruch der Nationalfröhlichkeit, den wohl niemand für möglich gehalten hätte: Es ist chic, deutsch zu sein. Und warum auch nicht, ist es doch ein schönes Land mit vielen netten Leuten. Dass man so manchmal mit der Geschichte hadert, ist in diesen Tagen von der Fußballeuphorie verdeckt. Und schließlich feiert man ja auch nicht unter den Symbolen der Diktatur, sondern unter den Farben der Demokratie, und auf die darf man doch zu Recht stolz sein. Zumal man den Weitblick der Grundgesetzväter gar nicht hoch genug loben kann: Die deutsche Flagge ist politisch fast perfekt korrekt mit Schwarz, Rot und Gold. Fehlt eigentlich nur Grün.

Na gut, die kannte man 1949 noch nicht, und einige Grüngefärbte hätten wohl auch Schwierigkeiten damit, ihre Farbe in der Nationalflagge verewigt zu sehen. Geht ja sowieso nicht, denn dann hätten wir nicht mehr die Flagge von Deutschland, sondern von Zimbabwe – und die spielen bei der WM nicht mit.

Also bleiben wir brüder- und schwesterlich bei Schwarz, Rot, Gold und feiern wir mit allen Freunden, was da noch so kommen möge ...

Schreiten

Man kann natürlich noch viel mehr »lassen«. Loslassen zum Beispiel. Sich von Gewohnheiten trennen. Gewohnheiten können nämlich, wenn man sich in ihnen zu häuslich einrichtet, schnell zur Angewohnheit werden. Und die sind zumeist schlecht.

Wie etwa das Rauchen. Hat man sich erst einmal dran gewöhnt, kommt man schlecht wieder davon. In dem Stadium spricht man dann von Laster.

Ich übe mich seit einiger Zeit mit ansteigendem Erfolg in dem sprichwörtlichen Anfang aller Laster, dem Müßiggang. Nicht, dass ich nichts tun würde. Ich gehe nur müßig. Oder besser mit Muße.

Damit setze ich mich natürlich dem Spott meiner Umwelt aus, die immer wieder behauptet, man könne mir beim Gehen die Schuhe besohlen. Aber auch da gehe ich ruhig drüber hinweg.

Das hat natürlich auch seine Nachteile. Während alle in die Straßenbahn stürmen, um sich einen Platz zu ergattern, muss ich meistens stehen.

Aber, wie heißt es so schön: Die Letzten werden die Ersten sein. Während sich die anderen beim Aussteigen noch drängeln, bin ich schon draußen.

Ähnlich geht es in der Kantine. Alles stürzt sich an den Tresen, um sich die beste Portion zu sichern. Die ist allerdings zu Beginn immer rationiert. Wenn ich dann irgendwann komme, darf ich haben, so viel ich will.

Deswegen stört es mich nicht mehr, wenn ich hinter mir im Eiltempo einen Stechschritt herannahen höre. Ich lasse mir Zeit. Wo aber lässt der Stechschritt seine Zeit? Er müsste doch reichlich davon haben.

Vielleicht merkt er gar nicht, dass er Zeit hat, weil er viel zu schnell durch sie hindurchgeschritten ist.

Gerade als ich diese Zeilen schreibe, hastet mein Chef durch den Raum, bleibt plötzlich stehen und geht dann ruhig weiter.

Dabei murmelt er: »Jetzt weiß ich wieder, was ich wollte«…

Schluckauf

Wir saßen in fröhlicher Runde zusammen, als es plötzlich und unerwartet geschah: Hicks – ich hatte einen Schluckauf.

Doch nicht nur mich, auch zwei andere hatte es erwischt. Im Minutentakt kamen die Bäuerchen. »Eine ruckartige Verkrampfung des Zwerchfells« heißt das im Lexikon, »hervorgerufen durch eine Reizung des Nervus phrenicus – wobei die Einatmung durch plötzlichen Stimmritzenverschluss unterbrochen wird. Dadurch entsteht ein hörbares Geräusch«. Kann man wohl sagen: Der Freundeschor stimmte ein unüberhörbares Hicks-Konzert an.

Nun, was beim Fötus im Mutterleib noch ein notwendiger Reflex zur Lungenkräftigung sein mag, ist uns ausgewachsenen Exemplaren der Gattung Homo sapiens eher lästig.

Man muss was dagegen tun. Und die guten Ratschläge ließen nicht lange auf sich warten. Der beliebteste setzte bei der vermeintlichen Ursache des Hicksers an: So plötzlich und unerwartet wie er gekommen ist, soll er auch wieder weggehen. Also müsse man den aufschluckenden Patienten nur erschrecken und alles wird wieder gut. Sogleich übten sich mehrere aus der Runde in angewandter Schocktherapie und brüllten unter fürchterlich verzogenen Grimassen »Huh« und Hah«.

Wir Leidenden mussten das eher als lächerlich, denn als erschreckend empfunden haben, denn schon einige Sekunden nach der Aktion ließ sich der Schluckauf wieder hören – Hicks, das war wohl nix.

Das wollten die wohlmeinenden Schluckaufvertreiber nicht auf sich sitzen lassen und verteilten nun gute Ratschläge und Hausmittelchen zuhauf: Zucker essen, Essig trinken, Weißbrot in kleinen Kügelchen zu sich nehmen.

Nach kurzer Zeit hatten wir die ganze Hausapotheke durch – nur der Schluckauf war noch da. Jetzt fuhr jemand ganz schweres Geschütz auf: auf den Kopf stellen und ein Glas Wasser trinken. Na danke, die akrobatische Übung war uns dann doch etwas zu gewagt. »Wollt ihr lieber mit dem Schluckauf leben«, fragte eine Freundin. Das brachte uns zum Nachdenken – und das war, ohne dass wir es merkten, ihre Methode der Schluckaufbekämpfung. Erfolgreich, wie sich in kurzer Zeit zeigte. Vielen Dank dafür. Ich wusste ja schon immer: das Nachdenken hilft ...

Gurken

Ist das nicht herrlich? Sommer, Sonne, Urlaub. Da zieht es einen hinaus an den Badesee, in den Biergarten oder zum Grillfest mit guten Freunden.

Urlaub? Meiner ist leider schon vorbei. Und während sich draußen die fröhlichen Mitmenschen die Sonne auf den Bauch brennen lassen, kämpfe ich mit den tropischen Temperaturen im Büro. Der »Miefquirl« läuft auf Hochtouren. Mehr als die heiße Luft umzublasen, gelingt ihm aber nicht.

Mein Kollege, der diese Seite gebaut hat, verabschiedete sich auch in den Urlaub. »Schreib 'ne schöne Glosse«, meinte er noch und fügte hinzu, dass sie diesmal zehn Zeilen länger ist. Na besten Dank.

Da sitze ich nun, starre auf den rotierenden Ventilator und zähle die Lamellen an der heruntergelassenen Jalousie. Der Schweiß rinnt mir in Strömen von der Stirn. Das liegt wohl nicht nur an der Hitze. Ein bisschen Angstschweiß ist auch dabei. Mir will nichts einfallen.

Los Junge, konzentrier dich. Nichts. Ich probier es nochmal. Nichts. Es will mir einfach nichts einfallen, womit ich sinnvoll diese Zeilen füllen könnte. Mein Hirn ist offenbar noch im Urlaub – oder schon wieder draußen am Baggersee mit einem kühlen Drink. Dort, wo ich an nichts denken muss. Aber daran darf ich jetzt nicht denken.

Nun gut, ich könnte ja das »Nichts«, das mir grade im Kopf nistet, zum Gegenstand meiner Betrachtung machen. Das geht aber schlecht, denn wenn das »Nichts« ein Gegenstand ist, dann ist es »Etwas« und nicht »Nichts« – an diesem Problem sind schon ganze Philosophengenerationen verzweifelt. Ich will mich nicht auch noch bei den Verzweifelten einreihen. Da fällt mir ein, dass es sich bei meiner akuten Gedankenlosigkeit um das so oft beschworene Sommerloch handeln könnte.

Da sitze ich also drin – und bekomme plötzlich Hunger auf Gurken. Nicht dass ich schwanger wäre, geht ja wohl auch schlecht. Aber das Sommerloch breitet sich bekanntermaßen in der Saure-Gurken-Zeit aus. Dazu fällt mir aber nun wirklich nichts mehr ein – außer, dass ich diese Zeilen voll geschrieben habe. Und jetzt nichts wie raus hier …

Wunden

Wunden gibt es immer wieder. In meinem Alter sind es vorzugsweise seelische – wenn mal wieder was nicht so klappt, wie man es sich vorgestellt hat.

Früher verging kein Sommer ohne aufgeschrammte Knie oder Ellenbogen. Und war es einmal nicht so weit gekommen, dass das Schicksal einem einen kleinen Unfall bescherte, hat man ihn sich mutwillig selbst zugezogen.

Klingt ziemlich selbstzerstörerisch veranlagt – war aber nicht so. Die Wundmale waren sozusagen Ausweis des »harten Jungen«. Wer dazugehören wollte, musste sie einfach haben.

Das ist dann wohl eher so ähnlich wie bei Opus Dei, die sich angeblich täglich mit Dornen geißeln, um dem Herren näher zu sein.

Nun, vom lieben Gott wussten wir damals noch nicht so viel. Unsere Straßenbande war uns wichtiger. Und auch das hört sich gefährlicher an, als es war. Weit davon entfernt, irgendwelche kriminellen Taten zu begehen, lag die Betonung auf »Bande«.

Leider ist das Wort ein wenig aus der Mode gekommen. Es meint nicht mehr als »Verbundenheit«. Wir Kinder damals waren dadurch verbunden, dass wir alle in der gleichen Straße wohnten – wo sich ein Großteil unseres Kinderlebens abspielte.

Dort haben wir Fußball gespielt, auf Blechmülltonnen abgehangen oder sind Fahrrad gefahren.

An meine erste Fahrradstunde ohne Stützräder erinnere ich mich noch: Es war eine ziemlich wacklige Angelegenheit. Später dann klappte es richtig gut – bis vergangene Woche.

Ich kam mit dem Hosenbein in die Kette, verlor das Gleichgewicht und musste mit dem Gesicht bremsen. Nun sehe ich aus, als hätte ich einen Elch geknutscht. Das ist fast wie früher – nur kann ich so richtigen Stolz auf meine Wunden nicht mehr empfinden. Und meine jetzige »Bande« begegnet mir auch nicht mehr mit anerkennender Zustimmung, sondern mit mitleidigem Lächeln. Wer den Schaden hat, spottet halt jeder Beschreibung ...

Überwintern

Es gibt Dinge zwischen Himmel und Erde, die muss man nehmen, wie sie sind. Da kann man noch so viel drüber lamentieren, es ändert sich doch nichts. Die Politik, so behaupten viele – aber von der soll hier mal nicht die Rede sein.

Viel schlimmer ist es mit dem Wetter. Das kann man nun wirklich nicht beeinflussen, zumindest nicht direkt. Also macht das Wetter, was es will, und lässt den Herbst einfach im August beginnen. Mal ehrlich: So ein Mistwetter wie in diesem Jahr haben wir schon lange nicht erlebt. Ich zumindest kann mich nicht erinnern, schon einmal im August mit der Winterjacke rumgelaufen zu sein – doch, einmal, allerdings beim Bergwandern auf über 3.000 Metern, als uns ein kleiner Schneesturm erwischte.

Eigentlich darf man doch erwarten, im August nur mit Bikini oder Badehose bekleidet in der brütenden Sonne zu schwitzen. Zumal die Wetterfrösche seit Jahren eine Klimaerwärmung androhen. Ja, wo ist sie denn? Um Deutschland scheint die Katastrophe einen großen Bogen zu machen. Dabei haben wir doch schon so viel Abgase in die Luft geblasen. Vielleicht sollte man den Katalysator im Auto wieder abschaffen, damit es endlich mit der Klimaerwärmung klappt. Oder wir wandern aus: nach Lappland, nach Alaska oder nach Sibirien. Da wirken die Klimakiller offenbar schon.

Denn während wir uns hier den Allerwertesten abfrieren, herrscht dort eitel Sonnenschein bei Temperaturen, die uns vor Neid erblassen lassen. Hier ein Beispiel: Am 9. August 2005 froren wir in Hannover unter einem bewölkten Himmel bei 17 Grad Celsius. Da hatten es die Samen (so nennen sich die »Lappen« selbst) in Lappland schon ein wenig besser: Sie sahen bei 20 Grad hin und wieder die Sonne. Auch in Novosibirsk war es mit 23 Grad ganz angenehm. Den Hitzerekord aber gab es in Alaska: Die Eskimos schwitzten bei 26 Grad im Schatten. Da behaupte noch einer, es wäre unmöglich, einem Eskimo einen Kühlschrank zu verkaufen. Die finden jetzt dort reißenden Absatz, während bei uns der Glühwein der Hit des Sommers ist. Aber Spaß beiseite. Die Wetterkapriolen sind tatsächlich ein Vorbote der Klimaveränderung und die ist anders als alle vorhergehenden, auch von uns Menschen mitverschuldet.

Und wem es nicht piepegal ist, mit welchen Wetterkatastrophen sich unsere Enkel herumschlagen müssen, kann schon heute was fürs Klima tun: Einfach mal das Auto stehen lassen und einen Wandertag einlegen – das geht auch bei schlechtem Wetter ...

Über Wasser

Ein heißer Tag war es damals. Ich war mit meiner Tante im Schwimmbad. Nun, eigentlich war es nicht meine richtige Tante, sondern eine Freundin meiner Mutter. Aber als Kind hießen bei mir alle älteren Damen Tante.

Weil es so brütend heiß war, suchten die Tante und ich Abkühlung im Pool. Der allerdings war so überfüllt, dass man wie die Ölsardine in der Lake stand. Es wurde herumgetollt, geschrien und gestoßen. Plötzlich war die Tante weg. Das wäre nicht weiter tragisch gewesen, hätte mich nicht irgendjemand so heftig geschubst, dass ich unter Wasser geriet. Was ich auch versuchte, es gelang mir nicht, meinen Kopf wieder über Wasser zu kriegen. Ich rutschte ständig weg, schlug um mich und schluckte das ekelige Chlorwasser.

Danach weiß ich erst wieder, dass ich auf der Wiese lag, um mich herum eine Menge erleichterter Menschen und die kreidebleiche Tante.

Seit jener Zeit habe ich panische Angst, mit dem Kopf unter Wasser zu kommen. Über Wasser habe ich dagegen meinen Spaß. Am Spiel der Wellen. Bei einer Fahrt mit dem Schiff übers Meer.

Es ist schon ein eigen Ding mit dem Wasser. Da bringt es vielen tausenden Menschen den Tod, andererseits wäre ohne Wasser kein Leben. Für uns Menschen, deren Denkorgan sich nur in Schwarz und Weiß, Ja und Nein, Gut und Böse organisieren kann, wird die Natur wohl auf immer unbegreiflich bleiben. Denn sie ist weder gut noch böse. Sie ist ganz einfach. Und sie ist unbeherrschbar. Zu zähmen ist die Natur nur um den Preis, ihrem Sein das Nichtsein hinzuzufügen. Die Natur beherrschen hieße, sie zu zerstören.

Wasser ist Tod und Wasser ist Leben. Und vor allem ist Wasser Spaß. Ich hätte jetzt auch gern Spaß mit dem Wasser. Oder besser mit gefrorenem Wasser. Der Regen könnte sich so langsam in Schnee verwandeln. Dann könnte man Schlitten fahren oder Ski. Oder auf dem Eis ausrutschen und sich ein Bein brechen oder unter einer Lawine begraben werden...

Blauer Dunst

Ich hab es geschafft. Keine verstopfte Nase mehr, kein Belag auf der Zunge, kein trockener Husten. Und vor allem reichlich Geld für angenehmere Dinge.

Ich rauche nicht mehr. Nicht erst seit gestern zugegeben, seit ein paar Jahren schon. Wer jetzt aber ein paar Tipps von mir erwartet, wie man es anstellt, den muss ich enttäuschen. Meine Methode war etwas brutal. Den Tag meiner letzten Zigarette kann ich ganz genau angeben, es war der Tag vor meiner Nasenoperation. Seitdem man mir an der Nase rumgefummelt hat, habe ich keine Zigarette mehr angerührt.

Aber nicht, weil mir der blaue Dunst Schmerzen in der ramponierten Nase verursacht hätte. Nach ein paar Tagen, als die Wunde am Gesichtserker zu heilen begann, entdeckte ich etwas ganz Ungewohntes: den Duft des Frühlings.

Plötzlich konnte ich Blumen riechen und Kräuter, die Luft und das Leben. Klar, da war auch das ein oder andere unangenehme Dufterlebnis dabei, das sich in einer Stadt nicht vermeiden lässt.

Aber auch die schlechten Gerüche haben mir die Welt ein wenig neu erschlossen. Zumal es jetzt etwas einfacher ist, jemanden zu erkennen, den man nicht riechen kann.

Nur eins zwickt mir seit damals gehörig in der Nase, wenn sie es zu fassen kriegt: der blaue Dunst. So manch fröhliche Runde verlor an Spaß, wenn einer dabei sitzt, der die Luft verpestet.

Nun kann man so einen bekannten Paffer ja schnell in seine Schranken weisen und vor die Tür setzen. Was aber macht man mit dem unbekannten Lungenschwärzer, der einem den gemütlichen Kneipenbesuch vernebelt?

Im Sommer mag das vielleicht noch gehen – aber der nächste Winter kommt bestimmt. Und dann muss sich im Zweifelsfalle bislang der Kneipenwirt entscheiden, welcher Gast ihm lieber ist. Denn beide zusammen vertragen sich kaum. Dem Raucher fällt es zwar unheimlich leicht, den Nichtraucher zu »tolerieren«. Aber umgekehrt? Nein danke. Da kommt doch der Gesetzgeber gerade recht, den Streit zu entscheiden: Es lebe die saubere Kneipenluft ...

Hitzefrei

Dem Hund vor mir hängt die Zunge fast auf den Boden. Mit hektischem Hecheln bewegt sie sich hin und her. So ein Hund ist wirklich ein armer Hund, läuft bei der tropischen Hitze im Pelzmantel rum und kann ihn nicht ablegen. Allerdings sieht ein rasierter Bettvorleger auch ein bisschen lächerlich aus.

Da hab ich es schon ein wenig besser. Außer den paar Härchen an der Brust besteht mein Fell im Wesentlichen aus Hemd und Hose, und derer kann ich mich in Windeseile entledigen, wenn ich will. Meinem Willen sind nur leider enge Grenzen gesetzt. Meinem Arbeitgeber missfällt es sehr, wenn ich im Adamskostüm an meinem Schreibtisch Platz nehme, und auf der Straße werde ich in gleicher Windeseile, wie ich meine Kleidung abstreife, zum öffentlichen Ärgernis erklärt. Was die nur alle gegen meinen Astralkörper haben? Gut, mein Bauch erinnert noch immer mehr an den eines Waschbärs als an ein Waschbrett, aber der Rest könnte sich durchaus sehen lassen – will ich mal so behaupten. Aber niemand hat Mitleid mit mir armem Hitzeopfer. Da muss ich nun durch und leichte, luftige Kleidung tut es schließlich auch – und zu Hause kann mir noch niemand vorschreiben, wie ich rumlaufe. Für alle anderen Gelegenheiten habe ich reichlich Tipps erhalten, wie man so einen Tropentag überlebt: viel trinken natürlich, so drei bis vier Liter am Tag – Wasser wohlgemerkt und kein Bier. Damit überlebt man vielleicht einen Tag, aber den nächsten ...

Ein anderer Tipp rät, sich unter die lauwarme Dusche zu stellen, das soll mehr kühlen als die kalte. Allerdings ist der Rat nur begrenzt verwertbar – wer hat im Büro schon eine Dusche?

Anders sieht es mit dem Kühlschrank aus. Der soll schon häufiger in Büroräumen gesichtet worden sein. Darin kann man das Wasser kühlen oder den Kopf – hat mir ein offenbar etwas hitzeverwirrter Kollege geraten. Der soll angeblich auch seine Socken im Kühlschrank aufbewahren. Wenn ich den erwische ... Ich habe einen viel cooleren Tipp für heiße Tage: Machen wir doch einfach von 9 bis 17 Uhr hitzefrei. Bezahlt versteht sich ...

Currywurst

Gehste inne Stadt, wat macht dich da satt? Ne Currywurst! So war das zumindest früher einmal. Bald aber könnte Herbert Grönemeyers Gassenhauer längst vergangene Zeiten beschwören.

Denn die Currywurst steht auf der Abschussliste der Politik. Nachdem man sich nach monatelangen Verhandlungsqualen endlich auf ein Rauchverbot geeinigt hatte, ging es zunächst dem Bier an den Goldpapierkragen.

Alkoholgenuss auf Straßen und Plätzen wird demnächst rigoros untersagt. Nichts mehr ist mit dem Tetrapack Wein auf der Parkbank oder dem prall gefüllten Vatertagsbollerwagen.

Deutschland findet zurück zu Zucht und Ordnung, so wie es in den USA schon längst gang und gäbe ist. Dort ist das Saufen in der Öffentlichkeit untersagt. Da pinkelt kein Vierjähriger ungestraft in aller Öffentlichkeit, und kein Sechsjähriger küsst seine Lehrerin ohne anschließenden Schulverweis.

Solchen Vorbildern können wir nicht nachstehen, und so ist es nur konsequent, nach der Kippe und dem Bier nun auch die Currywurst vom Tresen des Imbisswagens zu verbannen.

Denn was sind Nikotin und Alkohol schon gegen Nitritpökelsalz und Fett. Und da so eine Currywurst ohne Pommes Frites nur halb so schlimm – Entschuldigung: lecker – ist, wird so ein Riemen zur gesundheitlichen Zeitbombe. In den knusprigen Kartoffelstückchen findet sich nämlich krebserregendes Acrylamid. Ganz zu schweigen von den unerlässlichen sämigen Soßen auf Wurst und Pommes.

Niemand kann der Jugend ernsthaft solch ein Henkersmahl zumuten. Da aber alle Appelle an die Vorbildfunktion des mündigen Essers nicht gefruchtet haben, soll die Currywurst nun aus dem öffentlichen Raum verbannt werden.

Zumal sich in letzter Zeit noch ein weiteres Problem aufgetan hat. Im Umkreis von Imbisswagen sollen so genannte »Mitesser« ihr Unwesen treiben. Insbesondere rund um den 1. April rauben sie in unbeobachteten Momenten Ahnungslosen die Wurst vom Pappteller ...

Bedeutung

Was soll das denn nun wieder bedeuten, fragte der junge Mann hinter mir in der Kunstausstellung angesichts eines großen Sperrholzkastens. Moderne Kunst wirft Fragen auf – und verweigert einfache Antworten. Die muss man sich schon selbst geben. Der junge Mann versuchte es zunächst mit der vermeintlich naheliegendsten: Das ist gar keine Kunst, sondern eine Transportkiste für ein Kunstwerk, die nur vergessen wurde zu entfernen. Das wäre eine Möglichkeit. Nur wies ein Zettelchen mit dem Namen des Künstlers und einem »O. T.« die Kiste eindeutig als Kunstwerk aus. Allerdings ließ sich der junge Mann davon nicht sofort beeindrucken. Das Zettelchen könnte ja auch ein Hinweis auf den Spediteur sein und »O.T.« stehe einfach für »Original Transportkiste«. Guter Versuch, wenn es auch einer der üblichen Kalauer ist, den Ungeübte moderner Kunst nachsagen. Demnach ist Kunst, sich in einem runden Raum in die Ecke zu setzen. Das kommt der Wahrheit vielleicht näher als man meint und auch der »Original Transportkiste« – wenn auch »O. T.« eigentlich für »Ohne Titel« steht. Aber der kleine Witz des jungen Mannes ist zumindest ein erster Schritt, sich mit dem Objekt auseinanderzusetzen – welch bezeichnendes Wort. Denn nach dem Witz, der die Unsicherheit der ersten Begegnung einfängt, kommt auch von dem jungen Mann der Satz, der unvermeidlich folgt: »Das kann ich auch!«

Joseph Beuys, dessen Fettecke einst von einer Putzfrau entsorgt wurde, hat darauf geantwortet und jeden Menschen zum Künstler erklärt. Man muss seine schöpferische Kraft nur nutzen.

Dies half im Augenblick dem jungen Mann nicht aus seinen Fragen. Die hatten sich weiterhin fest in die Bedeutung verbissen, die er an der Sperrholzkiste vermisste.

Wenn etwas Kunst ist, muss es auch eine Bedeutung haben, sonst ist es keine Kunst. Auf den Bildern der alten Meister konnte man noch schöne Landschaften oder nackte Frauen sehen – da weiß man, was man hat. Was aber, wenn etwas auf nichts außer sich deutet, sich nur selbst bedeutet? Dem scheint auch der junge Mann auf die Spur gekommen zu sein.

Er hat seinen Fotoapparat ausgepackt und die Kiste von allen Seiten gründlich ins Bild genommen ...

Ernst des Lebens

Wie viele Mütter, so sagte auch meine am ersten Schultag zu mir: »Jetzt beginnt der Ernst des Lebens.« Ich verstand nicht recht. Was hatte mein Opa damit zu tun? Der lebte damals noch und hieß Ernst. Warum sollte der an jenem Tag beginnen? Er war doch längst da.

Jeden Dienstag und Donnerstag kam er morgens früh und hatte immer eine Tüte frischer Brötchen dabei. Wir frühstückten gemeinsam, dann setzte er sich auf und ging zum Zuckertest. Der Opa hat es gut, dachte ich mir, der darf jetzt Bonbons lutschen und sagen, wie gut sie ihm geschmeckt haben.

Nach ein oder zwei Stunden kam Opa zurück. Aber er sah aus wie vorher, weder glücklicher noch abgekämpft vom Bonbonlutschen. Dabei war er doch beim Zuckertest, das hatte er auf jeden Fall gesagt. Ich sah mir Opa noch einmal genauer an. Aber Opa sah aus wie immer. Ein kleiner Mann mit einer dicken Brille, durch die seine Augen ganz klein blitzen, wie die einer Eule. Er hatte seinen steifen Hut auf, seinen hellen Sommermantel übergestreift und lächelte freundlich. Wie immer setzten wir uns nach Opas Ausflug zum Zuckertest gemeinsam an den Mittagstisch.

Nach dem Essen ließ sich Opa Ernst in einen Sessel nieder, lehnte sich zurück und zündete sich eine Zigarre an. Zehn, zwanzig Minuten saß er so paffend da, der kleine Mann mit der Eulenbrille. Es war wirklich alles wie immer. Was hatte er nur beim Zuckertest gemacht?

Gut, ich hätte ihn ja einfach fragen können. Aber Opa sprach nie viel, war immer sehr in sich gekehrt. Da fiel mir ein kleines Pflaster an seinem Ohrläppchen auf. Was hatte es nun damit wieder auf sich? Hatte Opa sich etwa die Bonbons in die Ohren gesteckt und dabei verletzt?

So etwas tut man doch nicht, auch wenn ein Schlager damals von »Bohnen in die Ohren« sang. Doch weder Bohnen noch Bonbons gehören in die Ohren. Das kann doch dem Opa Ernst nicht ernst sein.

Die Aufklärung folgte alsbald von meiner Mutter: Opa ist krank und muss daher immer zum Test. Mir aber blieb das Bild von den Bonbons in den Ohren von Opa Ernst im Kopf. Wenn das der Ernst des Lebens ist, dann ist er ja ganz ulkig …

Wünsche

Den Duft von Apfel, Zimt und Mandelkern in der Nase schlenderte ich über den Weihnachtsmarkt. Ringsum blitzen helle Lichter, die Buden sind festlich geschmückt.

Es mag zwar etwas sentimental klingen, aber für mich ist die Vorweihnachtszeit tatsächlich die schönste des Jahres. Gerade auch, wenn einem, wie in den letzten Tagen, der Wind kühl um die Ohren weht. Dann schmecken Glühwein und heiße Maroni erst ganz besonders lecker.

Und so lenkte ich meinen schlendernden Schritt zum nächsten Glühweinstand. »Nein danke, heute mal ohne Schuss«, winkte ich dem Wirt gegenüber ab, der mir noch einen kleinen Spaßmacher nachschenken wollte.

So schlürfte ich langsam meinen wärmenden Trunk und sah dem bunten Treiben auf dem Markt zu, als sich ein unerwarteter Gast neben mich stellte. Nun, so unerwartet war er auch wieder nicht, denn auf dem Weihnachtsmarkt muss man hin und wieder mit ihm rechnen. Sie haben sicher bereits erraten, dass es sich um niemand anderes als den Weihnachtsmann handelte.

Dennoch war ich ein wenig erstaunt. Mittlerweile ist man es gewohnt, dass die Weihnachtsmänner, die auf die frohe Menschheit losgelassen werden, eher schmächtige Jünglinge mit einem schlecht sitzenden Wattebart sind. Der neben mir war ganz anders. Mit seinem wohlgenährten Bauch und dem offenbar echten weißen Bart sah er so aus, wie man sich den Weihnachtsmann vorstellt – oder wie er uns von der Werbung immer wieder vorgestellt wird. Vor vierzig Jahren wäre ich sicher zusammengezuckt. Jetzt aber behielt ich die Ruhe und lud ihn zum Glühwein ein. »Bin im Dienst«, schlug er mein Angebot aus, nahm aber gern einen Kakao entgegen.

Doch worüber unterhält man sich mit dem Wunscherfüller? Früher hätte ich ein Gedicht aufgesagt und meinen Wunschzettel überreicht. Da fällt mir ein: Was wünscht sich eigentlich der Weihnachtsmann …

Siesta

Den seinen gibt es der Herr im Schlaf, heißt es so schön. Neueste Forschungen scheinen die uralte Weisheit zu bestätigen. Demnach sind notorische Langschläfer die fantasievolleren Menschen.

Das ist beruhigend zu hören, wenn man bedenkt, dass man gut ein Drittel seines Lebens verschläft. Aber wie jeder leicht an sich selbst feststellen kann, dient der Schlaf nicht nur der körperlichen Erholung. Während das Fleisch ruht, ist der Geist in reger Tätigkeit.

Gern bricht man im Traum aus dem Alltagseinerlei aus in bunte Abenteuer. So manche graue Maus wird in finsterer Nacht zum Superhelden.

Zugegeben, manchmal ereilt einen auch das Gegenteil, wenn angsteinflößende Albträume einem den Schlaf rauben. Zum Glück passiert das aber nur selten.

Der Rest sind oft seltsame Dinge. Da begegnet man Menschen, an die man im Wachbewusstsein gar nicht mehr gedacht hat. Oder man rückt Situationen zurecht, von denen man sich wohl gewünscht hätte, dass sie anders laufen. Richtig beeinflussen kann man das aber nicht. Und oft kann man auch hinterher nicht mehr sagen, was man sich so zusammengeträumt hat.

Aber irgendwie soll das Ganze ins Bewusstsein hinüberwabern. Das behaupten zumindest die Schlafforscher und raten deshalb zu einer ordentlichen Mütze Schlaf.

Den Rat haben sich mittlerweile sogar die Krankenkassen zu eigen gemacht. Neulich flatterte mir eine Mitteilung zum richtigen Verhalten bei heißen Temperaturen im Büro in die Hand. Mir selbst wäre dazu wahrscheinlich nicht mehr eingefallen, als sich leicht zu kleiden sowie hin und wieder für Durchzug zu sorgen. Die Krankenkasse aber rät, sich die südlichen Länder zum Vorbild zu nehmen und mittags eine kleine Siesta zu halten. Um das Ganze noch angenehmer zu gestalten, solle man seine Füße in eine Schale mit kühlendem Wasser halten. Na bravo, wenn mein Chef mich so erwischt, werde ich sicher was zu hören kriegen. Aber auch dazu rät die Krankenkasse: »Verschieben Sie schwierige Verhandlungen und Gespräche auf kühlere Tage« ...

Endfigur

Da ist er wieder und nicht übersehbar für die kommenden Wochen unser hochgeschätzter Begleiter: der Weihnachtsmann. Dabei gehört der gemütliche dicke Bartträger eigentlich gar nicht zum christlichen Weihnachtsfest.

Erst in den dreißiger Jahren des vorigen Jahrhunderts wurde er so, wie wir ihn heute kennen und lieben, von einem norwegischen Comic-Zeichner für die Coca Cola Company entworfen.

Eine Kommerzfigur also, lieb und gütig erst auf den zweiten Blick. Nicht umsonst trägt er neben seinem Sack voller Geschenke auch eine Rute – und die hat mir in den Kindertagen einigen Respekt eingeflößt.

Ich kann mich noch gut an einen Abend erinnern, als bei uns das Gerücht umging, der Weihnachtsmann sei in unserer Gegend. Mein Vater schlug vor, ihn doch einmal aufzusuchen, um ihm meine Wünsche vorzutragen.

Es kostete viel Überredungskraft, mich dazu zu bewegen. Irgendwann nahm ich dann doch all meinen Mut zusammen und trat dem Weihnachtsmann gegenüber – mein Gedicht, das ich ihm vortragen sollte, hatte ich aber vor lauter Aufregung vergessen.

Nun sind die Zeiten längst vorbei, da ich Angst vor dem Weihnachtsmann hatte. Stattdessen habe ich mittlerweile Angst um den Weihnachtsmann.

Nicht nur, dass sich immer weniger Männer finden, die zu Weihnachten in die Rolle des gütigen Alten schlüpfen, nein, der Weihnachtsmann ist politisch völlig unkorrekt. Er widerspricht allen Grundsätzen des allgemeinen Gleichbehandlungsgesetzes. Demnach müsste es zumindest auch eine Weihnachtsfrau geben. Natürlich ohne Bart und dicken Bauch.

Dann kann man gleich, wie einst die sozialistischen Sprachverhunzer der DDR, von »Jahresendfigur« sprechen.

Muss das sein? Ich liebe den Weihnachtsmann, und er gehört zum Fest wie Tannenbaum und Glühwein. Manche Illusionen muss man einfach pflegen...

Wegwerfen

Momente der Melancholie begleiten mich in letzter Zeit häufiger. Ein Umzug steht bevor und ich muss Dinge hervorräumen, die ich schon seit langer Zeit nicht mehr angefasst habe.

Da hat sich einiges angesammelt über die Jahre. Viele Dinge, die man nicht mehr braucht, weil sie unmodern oder unpraktisch sind. Was soll man im Zeitalter von CD noch mit Musikkassetten? Ab damit in die Tonne. Was einem einst lieb und teuer war, ist nur noch Ballast.

Doch leicht fällt mir die Trennung oft nicht. Erinnerungen steigen auf. Da geriet mir etwa eine hässliche gelbe Musikkassette in die Hand. Spieldauer 45 Minuten. Meine Nummer eins.

Ich weiß noch genau, welches Lied ich darauf als erstes aufnahm: »Rock your Baby« von George McCrae. Es muss im Herbst 1974 gewesen sein, damals war der Song über Wochen in der Hitparade, wie die »Charts« damals noch hießen. Der Kassettenrekorder, auf dem ich den Hit aufnahm, war mein ganzer Stolz. Doch längst ist er in den Wirrungen des Lebens untergegangen.

Die Nummer eins ist mir bis heute geblieben. Dagobert Duck, der seinen Nummer-eins-Taler über alles liebt, hätte sicher alles daran gesetzt, sie zu behalten. Doch was soll ich damit anfangen?

Ich habe keinen Kassettenrekorder mehr. Dahin sind die Zeiten mit vor- und zurückspulen. Dahin die Nachmittage, da man mit zwei Fingern an Aufnahme- und Start-Taste den richtigen Moment am Liedanfang abpassen musste. Und das Wort »Bandsalat« ist mittlerweile vom Aussterben bedroht.

Drum ade Nummer eins, ade George McCrae: »The Times they are a changing« – die Zeiten ändern sich, da ist für Sentimentalitäten kein Platz. Außer in den raren Momenten der Erinnerung. Aber die landet mit der Nummer eins nun auch auf dem Müll. Oder wie der Philosoph Ludwig Wittgenstein sagte: »Man muss die Leiter wegwerfen, nachdem man auf ihr hinaufgestiegen ist« ...

Tapetenwechsel

Ich brauch Tapetenwechsel, sprach die Birke – so klärte uns einst die Hilde auf. In letzter Zeit ging mir das Liedchen nicht aus dem Kopf. Wahrscheinlich, weil ich selbst gerade die Tapeten wechsele.

Was sich auf den ersten Blick so einfach wie belanglos anhört, stellt den, der sich ernsthaft mit dem Thema beschäftigt, vor weit reichende Fragen. Stürzt man sich ins Abenteuer der Farbe oder belässt man es beim schlichten Weiß? Wählt man schnöde Rauhfaser oder bedrucktes Edelpapier? Oder gar eine textile Wandverkleidung?

Der Möglichkeiten gibt es viele, und weil ich mich nicht entscheiden konnte, suchte ich Rat. Zunächst fielen mir da die einschlägigen Magazine ein. Also begab ich mich zum Händler und bekam einen kleinen Schweißausbruch. Offenbar haben meine Mitmenschen keine anderen Sorgen, als sich ihre Wohnungen einzurichten, oder wie ist sonst zu erklären, dass es solche Unmengen an Fachliteratur gibt.

Bei zwanzig hörte ich auf zu zählen, das waren aber längst nicht alle. Nun gut, ich entschied mich für drei und mich ereilte gleich der nächste Schock: Guter Rat ist reichlich teuer.

Und nicht nur das. Die Ratgeber mussten offenbar einen Vertrag mit Unternehmen des Hochpreissegmentes haben. Denn alle Ratschläge überstiegen meine Preisvorstellungen bei weitem. Gut sagte ich mir, dann hole ich mir ein bisschen Appetit und esse woanders. Die Baumärkte machen schließlich Werbung damit, gaanz niedrige Preise zu haben.

Also begab ich mich in das Paradies des deutschen Mannes. Schlagbohrmaschinen und Nutfräsen wohin man blickt. Ein Traum. Und Tapeten natürlich. Allerdings nicht nur so ein paar über zwanzig – nein, hunderte! In allen Farben, Formen und Mustern strahlten sie mich an. Eine schöner als die andere. Und was soll ich sagen: Am Ende war ich von der üppigen Fülle so entzückt, dass ich ohne Tapete nach Hause ging. Die Wand wird jetzt einfach weiß gestrichen ...

Braucher (1)

Wenn ich in letzter Zeit so durch die Innenstadt bummele, fällt mir auf, dass sich wieder mehr Bettler vor den Geschäften aufhalten.

Bislang dachte ich, es wäre nur mein persönlicher Eindruck, der ja durchaus falsch sein könnte. Vergangene Woche aber hat die Politik das Thema für sich entdeckt. Es gibt – wissenschaftlich belegt – eine »neue Armut«.

Nun, wer ein wenig mit offenen Augen durch die Welt geht, wird zugeben müssen, dass die Armut so neu nicht ist. Neu ist höchstens das plötzliche, fast panische Interesse, das die Politik am Thema entwickelt.

Schön, könnte man meinen, jetzt passiert endlich was, die Politik hat die Armen entdeckt und kümmert sich um ihre Situation. Weit gefehlt. Die Politik tut das, was sie immer macht: Sie sucht Schuldige und schiebt sich gegenseitig den Schwarzen Peter zu. Statt mit den Armen zu reden, wird über die Armut geredet. Gut, dass ich kein Politiker bin. Dann müsste ich nämlich von Sitzung zu Talkshow eilen und hätte gar keine Zeit, durch die Straßen der Innenstadt zu bummeln, um armen Menschen zu begegnen.

Deswegen muss man wohl auch mit den Politikern manchmal sehr nachsichtig sein. Etwa mit Herrn Müntefehring – oder wie käme er sonst auf den Gedanken, zu behaupten, es gäbe gar keine »Unterschicht«, wenn er schon mal einem Hartz-IV-Empfänger begegnet wäre. Ich bin einem begegnet. Vor einem Kaufhaus sitzend und eine offene Bonbonbüchse vor sich aufgestellt. Drinnen lagen ein paar Cent. Ich weiß nicht mehr aus welchem Anlass, aber wir kamen ins Gespräch. »Was ist der Mensch«, fragte er mich unvermittelt. Ich stutzte. So viel Philosophie hatte ich auf der Straße nicht erwartet. Mir fiel auf die Schnelle keine Antwort ein. Der Bettler half mir: »Der Mensch ist ein Braucher. Kein Verbraucher. Das ist er erst, wenn er bekommen hat, was er braucht. Und der Mensch braucht immer was. Milch als Baby und einen Bestattungsunternehmer als Leiche. Und dazwischen unzählige Dinge. Ich brauche jetzt zum Beispiel Geld...«

Braucher (2)

Mir geht der Bettler vor dem Kaufhaus nicht aus dem Kopf. Was hatte er noch gesagt? Er sei ein »Braucher«. Seltsames Wort, es scheint mir aber eine gewisse Wahrheit drin zu liegen.

Oder braucht nicht tatsächlich immer jeder irgendetwas? Nun gut, eigentlich braucht man wohl nur ein bisschen Essen, Trinken, ein Dach über dem Kopf sowie Hemd und Hose, damit man als nackter Nichtfellträger seine Gesundheit nicht ruiniert. Aber sonst?

Wenn die Geschichte um Kaspar Hauser stimmt, braucht der Mensch wohl auch Liebe und Zuwendung, um nicht einzugehen. Obwohl das so mancher Knastbruder wahrscheinlich bestreiten wird, der seit Jahren ohne Liebe überlebt.

Ich weiß auch nicht, ob der Bettler seine nötige Ration Liebe erhält. Vielleicht will er sie auch gar nicht. Was er wollte, war Geld. Nun taucht Geld aber nicht auf der Liste der Dinge auf, die der Mensch so unbedingt braucht.

Diesen Einwand teilte ich dem Bettler mit, bevor ich ihm ein paar Cent in die Büchse warf.

Er gab mir Recht: »Klar brauch ich erst einmal was zu essen und zu trinken. Aber das kostet nun einmal. Sicher, es gibt ein paar freundliche Menschen, die mich und meine Freunde mit dem Nötigsten versorgen – kostenlos. Nur ob das immer so sinnvoll ist, wage ich zu bezweifeln. Wäre es für die Wirtschaft nicht viel besser, wenn ich mir neue Dinge leisten könnte, statt gebrauchte aufzubrauchen? Neue Dinge müssen hergestellt und vertrieben werden. Das schafft Arbeitsplätze. Sie sehen, wenn ich Geld hätte, würden auch andere was davon haben.«

Ich muss gestehen, dass mich seine Argumente durchaus beeindruckten. Aber zu Geld könne man nur kommen, wenn man arbeite, da beiße sich die Katze doch in den Schwanz.

»Leider denken fast alle so«, antwortete der Bettler, »nur ist es falsch. Was spricht dagegen, Geld ohne Arbeit zu erhalten?« …

Braucher (3)

Was hatte der Bettler, mit dem ich mich seit einiger Zeit unterhalte, noch gesagt?: »Geld und Arbeit gehören nicht unbedingt zusammen. Warum sollte man nicht Geld ohne Arbeit bekommen?«. Schön wär's könnte man meinen – aber wo soll das Geld denn herkommen oder wie heißt es so schön: »wer soll das bezahlen?«.

Der Bettler grinste, als ich ihm die Frage stellte. »Typisch« antwortete er, »wer nicht arbeitet, gilt als faul. Wie eine faule Frucht, die man wegwirft, weil man sie nicht gebrauchen kann. Dabei ist es der größte Traum fast aller, nicht arbeiten zu müssen – oder warum spielen so viele Millionen Menschen Lotto? Man arbeitet doch nur, um Geld zu verdienen. Ich zumindest kenne niemanden, der aus reinem Spaß an der Freude arbeiten würde. Sollten wir deshalb nicht froh sein über die modernen Zeiten, das Maschinen und Roboter immer mehr die Arbeit übernehmen?« »Uns wegnehmen« wandte ich ein: »und der Rest wird ins Ausland verlegt, weil die Arbeiter dort billiger sind. Irgendwann wird es für uns kaum noch Arbeit geben und wenige werden mit Arbeit Geld verdienen«.

Ich erschrak ein wenig über meine Worte und der Bettler grinste wieder: »Genau das ist der Punkt: Wir werden ein Volk von Zwangs-Faulenzern. Ohne Arbeit und ohne Geld, weil wenn du keine Arbeit hast, kriegst du kein Geld. Dabei ist genug Geld da, es müsste nur anders verteilt werden. Man muss das Geld umsteuern.«

Hatte ich es doch gedacht. Der Bettler fordert Steuererhöhungen. »Damit wirst du dir gewaltig die Finger verbrennen. Das Volk und die Wirtschaft hassen nichts so sehr wie Steuererhöhungen«.

»Wieder eine alte Leier« grinste der Bettler erneut. »Die Faulenzer liegen den Fleißigen nur auf der Tasche. Unfug. Je mehr man in die Arbeitslosen investiert um so weniger liegen sie einem tatsächlich auf der Tasche. Wirtschaft ist ein Kreislauf« …

Vergehen

Nun ist das neue Jahr schon ein paar Tage alt – und das nächste kommt sobald. Nun, ganz so schnell geht es dann doch nicht, trotzdem man mit zunehmendem Alter den Eindruck hat, die Zeit rase nur so dahin.

Bis zum nächsten Jahr sind noch einige Tage Leben drin, und wie man das zu Silvester so macht, habe auch ich mir ein paar Veränderungen vorgenommen. Nichtrauchen ist allerdings nicht dabei, das hat schon vor Jahren geklappt. Und ganz so vermessen, ein besserer Mensch werden zu wollen, bin ich dann auch nicht, da ich schon vorher weiß, dass es ohnehin nicht klappen wird.

Ich habe meine Vorsätze ein wenig niedriger gehängt. Sätze sind auch zu viel gesagt, eigentlich ist es nur ein Vorsatz und der bezieht sich auf die Tage, die vor mir liegen.

Die will ich nicht so einfach an mir vorbeiziehen lassen. Klar, es ist absehbar, dass ein Großteil der Tage so wird wie die, die hinter mir liegen – ausgefüllt vor allem mit beruflichem Alltag. Aber auch die sind mit Leben zu füllen, schließlich nehmen sie die meiste Zeit in Anspruch.

Ich nehme mir die Zeit zurück. Gut, man kann sie nicht festhalten, auch wenn man es sich manchmal wünscht.

Angesichts dieser Tatsache einfach aufzugeben und die Zeit vorbeigehen zu lassen, ist nicht wirklich eine Alternative. Nur wie füllt man die Zeit, die man sich nimmt, aus?

Man könnte versuchen, einmal eindringlich darauf zu achten, wie sie vergeht. Sie wird nicht langsamer vergehen, aber bewusster.

Ich habe Menschen getroffen, die haben ihre Uhr abgelegt, um Zeit loszuwerden – als ob die Uhr für das Vergehen der Zeit verantwortlich wäre.

Dagegen habe ich die Uhr in den vergangenen Tagen schätzen gelernt. Ich habe mir eine Eieruhr zugelegt und meine zieht mich schon fast so auf, wie ich das Ding, denn ich stoppe jetzt fast alles. Aber so bin ich immer auf der Höhe der Zeit und weiß, was die Uhr geschlagen hat …

Sonnenbrand

Ach, was ist das schön: Sonne fast ohne Ende. Schon könnte man meinen, die Tropen beginnen an der Nordsee. Das möchte man natürlich auch genießen.

Ich hatte es mir am frühen Nachmittag in meinem Sonnenstuhl bequem gemacht. Nur mit kurzer Hose bekleidet, aber selbstverständlich gut eingecremt. Über mir wölbte sich ein beschattender Sonnenschirm. Ein lauer Wind wehte, ich war vertieft in die Lektüre eines langweiligen Buches.

Da fielen mir die Augen zu. Das Buch sank nieder auf meinen nackten Bauch, die Gestalten daraus glitten sanft herüber in meinen Sonnenmittagstraum.

Wie lange ich so geschlummert hatte, kann ich nicht sagen, vielleicht 20 oder 30 Minuten. Zunächst spürte ich auch nichts außer einem leichten Spannen der Haut.

Am Abend dann hatte ich die hämischen Lacher auf meiner Seite. Allen Vorsichtsmaßnahmen zum Trotz sah ich am ganzen Körper aus wie ein abgebrühter Hummer – mit einer Ausnahme: Dort, wo das Buch gelegen hatte, war ein quadratischer weißer Fleck.

Mit dem Braunwerden wird das bei mir nix. Offensichtlich bin ich oberflächlich an der Haut ein Engländer – die sehen nach ein paar Sonnenstrahlen auch immer wie ein Feuerlöscher aus.

Das mag wohl auch daran liegen, dass wir wahrscheinlich die gleichen Vorfahren haben: Angeln und Sachsen aus dem norddeutschen Tiefland. Und das war über die vergangenen Jahrhunderte nicht gerade von der Sonne verwöhnt.

Nun wendet sich das Blatt. Seit Wochen haben wir Sonne satt. Das ist natürlich wunderbar – mit ein paar Einschränkungen, wie dem Sonnenbrand und meinen Balkonpflanzen. Ich komme mit dem Gießen nicht nach. Die ersten Blumen lassen schon die Köpfe hängen.

Vielleicht sollte man sich in Zukunft mehr an Völkern orientieren, die mit der Sonne vertraut sind. Beduinen oder Mexikaner zum Beispiel. Von ersteren könnte man lernen, dass man sich in der Sonne lieber anstatt auszieht. Und aus Mexiko weiß man, dass ein Kaktus die Trockenheit wesentlich besser aushält.

Also pflanze ich demnächst besser Kakteen statt Geranien auf dem Balkon ...

Taktlos

Entschuldigung, aber ich habe verschlafen – das ist der derzeit wohl am häufigsten gehörte Satz in unseren Büros. Fast jeden erwischt die Wintermüdigkeit. Ist ja auch kein Kunststück.

Zwar werden die Tage seit kurz vor Weihnachten schon wieder etwas länger, doch morgens zur Aufwachzeit ist es noch immer stockfinster. Da kann man leicht durcheinanderkommen. Hat man vergessen, den Wecker zu stellen, hilft die innere Uhr oft wenig.

Die ist ohnehin durch das ständige Umschalten zwischen Sommer- und Winterzeit völlig aus dem Takt gebracht. Und unser unstetes Leben mit seinen zahlreichen Ablenkungen trägt auch nicht gerade zu einer Regelmäßigkeit bei, die die Zeit von uns fordert.

Aber Zeit ist relativ, wie Einstein feststellte. Das gilt nicht nur in der Physik, sondern auch in der Biologie. Während Uhr und Kalender die verrinnende Zeit in ihren Takt zu bannen suchen, hat jeder seine eigene Zeit, eine innere Uhr. Und die schlägt nicht unbedingt im gleichen Takt.

Noch kurz vor Weihnachten sprach ich mit Freunden über die bevorstehenden Festtage und alle waren sich einig: »Mir ist gar nicht nach Weihnachten.« Gleiches hörte ich zu Silvester.

Nun kann man natürlich mit Recht einwenden, dass Weihnachten ein christliches Fest ist, das immer am 25. Dezember gefeiert wird und die Jahreszahl immer vom 31. Dezember auf den 1. Januar wechselt.

Aber deshalb fügt sich das eigene Zeitgefühl noch lange nicht dem Kalenderbefehl. Was allerdings zu einigem Chaos führen könnte, wenn jeder Silvester feiert, wann es ihm gerade passt. Warum aber auch nicht, den Versuch wäre es wert. Heinrich Böll hat seine Tante Milla schließlich auch jeden Tag Weihnachten feiern lassen.

Das muss ich nun nicht haben. Vielmehr bin ich genug damit beschäftigt, meine innere Uhr auf die Dunkelheit einzustellen. Bis mir das gelingt, ist es bestimmt schon wieder hell. Man kommt einfach nicht in den Takt...

Schall und Rauch

Es geschah im Zug. Ich saß und las in einer Zeitung, als ich hinter mir laut den Namen »Ottokar« rufen hörte.

Ich fühlte mich zwar nicht angesprochen, da ich, wie man oben lesen kann, einen anderen Vornamen trage. Dennoch sah ich mich um, wohl auch in Erwartung, einen älteren Herren angesprochen zu sehen. Meine Überraschung war groß, als ich dann einen kleinen Jungen um die Ecke flitzen sah.

Namen sind Geschmacksache, und wie bei allen Geschmacksachen lässt sich nicht darüber diskutieren. Schön ist, was gefällt. Und was gefällt, unterliegt der Mode. Ich wähnte den »Ottokar« unmodern, aber wie man sieht, ist er durchaus in Gebrauch. Alte Namen feiern wieder fröhliche Urständ, warum auch nicht, sie sind schön und bewährt. Allerdings sind es wieder die ganz alten wie Friederich, Heinrich oder eben jener Ottokar, die kleinen Kindern angeheftet werden. Namen meiner Generation sind eher out. Nur wenige werden heute Manfred, Jörg oder Karl-Heinz getauft. Wer so heißt, ist mit ziemlicher Sicherheit in meinem Alter. Nicht nur das. Ich habe mal gelesen, dass man mit dem Namen auch Eigenschaften des Trägers verbindet. Dabei sind Namen, wie es so schön heißt, angeblich nur Schall und Rauch.

Wer die Probe aufs Exempel macht, wird schnell feststellen, dass, wenn man etwa schlechte Erfahrungen mit einem Michael gemacht hat, man einem anderen Michael zunächst etwas reserviert gegenübertritt: So sind sie halt, die »Michaels«.

Dabei hat in den meisten Fällen ein Träger mit seiner Namensgebung nichts zu tun. Weit vor der Geburt machen sich die Eltern Gedanken, wie der Nachwuchs denn bezeichnet werden soll. Auch mich hat natürlich niemand gefragt. Bei uns in der Familie ist es seit nachvollziehbaren 150 Jahren üblich, dass die Männernamen mit »W« beginnen. Das schränkt die Auswahl erheblich ein. Aber dennoch muss ich sagen, meinen Eltern ist die Wahl ganz gut gelungen...

Hasenei

Es ist schon ein eigen Ding um das Ei. Spätestens seit Kolumbus wissen wir, dass es mit dem Ei ganz einfach ist.

Sie kennen doch die Geschichte: Bei einem Essen nach der Entdeckung Amerikas sollen ein paar spanische Granden Kolumbus gegenüber süffisant bemerkt haben, dass das wohl jeder gekonnt hätte. Da griff Kolumbus zum Ei und bat seine Gegenüber, dieses auf die Spitze zu stellen. Das wollte niemandem gelingen. Kolumbus aber drückte das Ei nur etwas ein und es stand. »Das hätte doch jeder gekonnt«, ereiferten sich die Zweifler. »Ja, aber niemand außer mir hat es getan«, entgegnete Kolumbus.

Der österliche Kult um das Ei dürfte kaum von dieser Eierei herrühren. Schon zu Steinzeiten soll das Ei als Symbol der Fruchtbarkeit am Beginn des Frühlings in hohem Ansehen gestanden haben. Wie so viele heidnische Bräuche hat es irgendwann seinen Weg in das höchste christliche Fest gefunden.

Vielleicht sollte man gar nicht so tief darüber nachdenken, sondern sich einfach über das Osterei freuen. So lauten zumindest die Empfehlungen meiner Enkelinnen, die sich fraglos über jedes Osterei hermachen.

Das heißt, eine Frage bleibt doch offen: Warum man ausgerechnet dem Hasen die Eier hinter die Löffel schiebt.

Das kann ich Ihnen leider auch nicht erklären, und selbst der Blick ins Lexikon lässt einen eher ratlos zurück. Es gibt viele Deutungen.

Geht man mal durch Haus, Feld und Flur, so steckt das Ei doch eher im Schwein als im Hasen. Der hat nicht einmal ein Behältnis, in dem er die Eier transportieren könnte.

Vielleicht haben deswegen die für ihren lässigen Umgang mit Traditionen bekannten Australier den Osterhasen zu Gunsten des Osterkaninchennasenbeutlers abgeschafft. Der legt zwar auch keine Eier, hat aber zumindest das nötige Transportmittel am Körper.

So ändern sich die Eierzeiten. Warten wir es ab, was aus unseren Ostereiern und Osterhasen wird. Ich wünsche viel Spaß beim Eiersuchen und Frohe Ostern …

Wie's Wetter

Meteorologen, unsere modernen Wetterfrösche, machen sich gern lustig über die angeblich unwissenschaftlichen Bauernregeln. Gern zitiert wird der Hahn, der auf dem Mist kräht. Danach ändert sich das Wetter oder es bleibt, wie es ist. Leider findet man diese Regel in keinem Bauernkalender. Der speist sich vielmehr aus langjährigen Beobachtungen und wurde von Generation zu Generation weitergegeben. Schließlich ist dem Bauer nichts wichtiger als das Wetter, davon hängt so ziemlich seine ganze Existenz ab.

Bei uns Nicht-Landwirten kommt das meist als Gemaule an. Mal ist es den Bauern zu feucht, dann wieder zu trocken, mal zu kalt, dann wieder zu heiß. So ein Bauerngemüt ist offenbar so wechselhaft wie das Wetter. Und darüber wissen sie eine Menge – trotz Klimawandel und alledem.

Man nehme nur den Siebenschläfer: »Das Wetter am Siebenschläfertag sieben Wochen bleiben mag«, sagt die alte Bauernregel. Nun war der 27. Juni einer der in Wetterhinsicht gesehen schaurigsten und kältesten Tage seit vielen Wochen. Und was passiert? Gut anderthalb Wochen zeigte das Wetter, was es so alles an Unbilden drauf hat. Herbst im Sommer war die Devise. Zwar ist es mittlerweile schon wieder ein wenig besser, aber man soll dem Himmelsfrieden ja nie so richtig trauen. Zumal wir bislang noch recht glimpflich davon gekommen sind. Die Bilder aus den USA oder England können einem schon Angst einjagen. Ganze Landstriche versinken in den Fluten und reißen zahlreiche Menschen in den Tod.

Der Klimawandel lässt grüßen. Nur einige britische Bischöfe sehen das etwas anders. Sie machen den lieben Gott für die Wetterkapriolen verantwortlich, die letztlich nur die Strafe für den liederlichen Lebenswandel des modernen Menschen seien. Nun mal abgesehen davon, dass schlechtes Wetter nicht nur die Liederlichen trifft, haben die Bischöfe nicht ganz unrecht: Man sollte schon mal drüber nachdenken, wie man das Klima schonen kann. Dann klappts vielleicht auch mit dem Wetter. Für den 13. Juli sagt die Bauernregel: »Wie's Wetter an St. Margaret, das selbe noch vier Wochen steht.« Hoffen wir einfach auf Sonnenschein ...

Im Bett

Leider kommt es hin und wieder vor, dass einen die Gesundheit verlässt und der Arzt dazu rät, das Bett zu hüten. Unter der wärmenden Decke steigt das Fieber, der Körper ist in Schweiß gebadet. Im Bett sterben die meisten Menschen, dämmert es mir.

Doch so weit ist es noch nicht, und außerdem gilt die Weisheit vielmehr für das Gegenteil: Das meiste menschliche Leben nimmt im Bett seinen Anfang. Aber zur Lebensgründung ist mir im fiebernden Dämmerzustand nicht gerade zu Mute.

Nach ein paar Stunden und etlichen Litern Wasser geht meinem persönlichen Saunaofen zum Glück auch langsam die Hitze aus. Doch so richtig kommt man nach der Schwitzkur nicht wieder auf die Beine, und zudem hat man noch den mahnenden Zeigefinger des Arztes im Blick, das Bett nicht so schnell zu verlassen. Ich sehe mich ein wenig in meinem Zwangsaufenthalt um. Das ist also der Ort von Leben und Tod. Doch nicht nur das. Bedeutende Kulturleistungen sind im Bett vollbracht worden. Marcel Proust hat dort nach der verlorenen Zeit gesucht und damit einen der wundervollsten Romane der Weltliteratur geschaffen. Zahlreiche einzigartige Gemälde der Mexikanerin Frida Kahlo entstanden im Bett.

Nun gut, mir wird wohl auch nach längerer Zeit in der Matratzengruft, wie der ans Bett gefesselte Heinrich Heine seine Werkstatt nannte, keine Weltliteratur herausfließen. Ich begnüge mich damit, ein wenig mit den Augen über die Bettdecke zu wandern, und stelle plötzlich eine ganz andere Sehnsucht in mir fest, die so gar nichts mit dem warmen, weichen Bett zu tun hat. Ich wähne mich umgeben von hohen Bergen, zackigen Gipfeln. Fünftausend, nein mindestens achttausend Meter hoch. Langsam steige ich vom Basislager auf, muss Rast machen unterwegs, Schneestürmen trotzen und über gefährliche Gletscherspalten hinwegsteigen. Schon ist die Todeszone erreicht, doch ich will es ohne Sauerstoff schaffen, mobilisiere meine letzten Kräfte. Dann ist der Gipfel erreicht. Ein noch unerstiegener Achttausender, den es nur in meinem Bett gibt. Ich genieße die Aussicht vom höchsten Punkte. Dann steige ich wieder ab.

Bald bin ich wieder bei Euch, draußen, jenseits des Bettengebirges …

Zum Guten

Es weihnachtet sehr, die Herzen öffnen sich und alle Welt ist froh und munter. Nur mein Glaube an das Gute im Menschen geriet kurzzeitig gewaltig ins Wanken.

Den Ausgang nahm die vorweihnachtliche Geschichte mal wieder in der Straßenbahn. Diesmal wurde ich von einer freundlichen Kontrolleurin aufgefordert, meine Fahrkarte zu zeigen. Kein Problem, ich habe meine immer dabei, schon in Erinnerung an einen alten Professor, bei dem ich einst hörte und der immer riet: »Handle stets so, dass Du Deine Fahrkarte immer vorzeigen kannst.«

Ich langte also an die Gesäßtasche meiner Hose, in der ich gewöhnlich meine Brieftasche verstaue, und muss im gleichen Augenblick kreidebleich geworden sein. Mein Griff ging ins Leere. Sofort tastete ich mit beiden Händen alle anderen Taschen meiner Kleidung ab – nichts, die Brieftasche war weg. Die Situation wäre an Peinlichkeit sicher nur noch dadurch zu übertreffen gewesen, wenn ich nackt in der Bahn gesessen hätte. Allerdings fühlte ich mich so und mein erster Gedanke war, man hat mich beklaut.

Gerade in der Vorweihnachtszeit warnt die Polizei immer wieder davor. Jetzt war ich das Opfer, es konnte gar nicht anders sein. Zumal meine eigene Dummheit, die Brieftasche offen am Gesäß mit mir herumzutragen, eine klassische Einladung für jeden Langfinger ist.

Nachdem ich meine Personalien bei der Kontrolleurin angegeben hatte, begab ich mich schnurstracks zu Bank und Polizei, um einen möglichen Schaden gering zu halten. Auf die paar Euro, die in der Brieftasche waren, soll es nicht ankommen. Schmerzlich ist, was noch nachkommen könnte. Und nervig ist die Lauferei. Am nächsten Tag ging ich zum Bürgeramt, führte noch einige Telefonate und stellte mich auf einige Gebühren ein. Da kam in der Firma ein junger Mann auf mich zu und drückte mir meine Brieftasche in die Hand. Es gibt doch das Gute im Menschen. Danke ...

Wichtig

Es ist schon erstaunlich, was man in öffentlichen Verkehrsmitteln aus dem Leben der anderen erfährt. Das Handy hätte sicher so manchem »informellen Mitarbeiter« der Stasi seine finstere Arbeit um einiges erleichtert.

Neben vielen alltäglichen Belanglosigkeiten trägt so mancher vor aller Ohren in Bus und Bahn seinen Ehekrieg aus oder lässt den Steuerberater Details über die privaten Finanzen wissen – ungeachtet dessen, dass die Zeiten allgemeiner Bespitzelung zum Glück vorüber und die Mitmenschen an intimen Informationen meist nicht interessiert sind.

Das scheint so manche Zeitgenossen am sprechenden Knochen nicht im Geringsten zu irritieren. Im Gegenteil, sie scheinen es darauf angelegt zu haben, ihre Probleme in aller Öffentlichkeit breitzutreten.

Nun gut, das Phänomen ist nicht neu. Täglich kann man auf den einschlägigen Fernsehkanälen Menschen beobachten, die sich darüber beschweren, dass ihre Füße zu groß und die Brüste zu klein seien. Nur haben die TV-Seelenstriptease-Orgien einen entscheidenden Vorteil: Wenn man sie nicht sehen will, schaltet man sie aus.

In Bus oder Bahn ist das nur leider etwas anders. Da ist man den Quasselstrippen beinahe wehrlos ausgesetzt. Klar, man kann sich einen anderen Sitzplatz wählen. Das wird nur dann schwierig, wenn alles rappelvoll ist. Und gerade in diesem Augenblick streuen sie ihre Gesprächsfetzen unter die hilflosen Mitreisenden.

Ihren Höhepunkt finden die Unterhaltungen meist darin, dass irgendetwas »unheimlich wichtig« ist. Mag das nun die Klimakatastrophe sein oder der Einkauf von Büroklammern. Egal, alles ist »unheimlich wichtig«. Mir ist eher unheimlich, wenn ich diesen Wichtigtuern zuhöre. Wohl kaum etwas kann so dringend wichtig sein, dass es nicht auch nach dem Ende einer kurzen Fahrt erledigt werden könnte.

Aber darum geht es wahrscheinlich nicht. Jenen, die ihre kleinen und großen Probleme vor allen andern wichtig reden, mangelt es offenbar ansonsten an ihrer eigenen Wichtigkeit. Ob die wohl aus dem dem Handy sprudelt ...

Kaufen

Ein Gespenst geht um in der Welt – das Gespenst des Konsumismus. Ganz recht gelesen: »Konsumismus« und nicht »Kommunismus«. Der war damals und hat sein Unheil in der Welt angerichtet.

Heute konzentrieren wir uns ganz auf die Weihnachtseinkäufe, wir konsumieren fröhlich – und müssen uns auch den zweiten Satz des Kommunistischen Manifestes anhören: »Alle Mächte des alten Europa haben sich zu einer heiligen Hetzjagd gegen dies Gespenst verbündet.«

Besonders die christlichen Kirchen wettern gegen den vorweihnachtlichen Kaufrausch. Das habe nichts mehr mit dem Fest der Liebe und Besinnung zu tun. Damit haben sie natürlich Recht.

Aber nur auf den ersten Blick. Das Weihnachtsfest ist längst aus den Kirchen herausgewachsen. Fast alle Symbole, die wir mit dem Weihnachtsfest verbinden, sind nicht christlichen Ursprungs wie der Weihnachtsmann oder der Tannenbaum.

Und auch das Schenken gehört nicht unbedingt zum Weihnachtsfest. Aber sollten wir auf all das verzichten?

Sicher würde es uns gut zu Gesicht stehen, der Welt ein wenig mehr Liebe zu schenken und uns einmal auf uns selbst zu besinnen.

Dann würde man ganz schnell darauf kommen, dass die Liebe leider auch nicht mehr das ist, was sie vielleicht mal war.

Ein amerikanischer Hamburgerbrater hat sich zum Beispiel den Spruch »Ich liebe es« als Warenzeichen eintragen lassen.

Die Liebe steckt schon längst in den Dingen. Wer das nicht glauben mag, sollte seine Kinder unter dem Tannenbaum einmal damit überraschen: »Leider gibt es heute keine Geschenke, dafür habt Ihr aber all meine Liebe.« Leuchtende Kinderaugen wird man damit sicher nicht ernten, so traurig, wie das ist.

Also hinein ins Getümmel und gekauft, was die Brieftasche hergibt.

Die Beschenkten werden es ganz sicher mit Liebe vergelten ...

Untergang

Venedig: Schon wenn ich den Namen höre, läuft mir ein wohliger Schauer den Rücken hinunter. Eine wunderschöne Stadt mit Architektur und Kunst wie aus dem Märchenbuch.

Die meisten Menschen, denen ich von Venedig vorschwärme, winken immer gleich ab: Kunst schön und gut, aber die Massen an Touristen können einem den Besuch doch ganz schön vermiesen.

Dagegen halte ich es mit dem Dichterfürsten Goethe, der unter dem 28. September 1786 in seiner »Italienischen Reise« notierte: »Die Einsamkeit, nach der ich oft so sehnsuchtsvoll geseufzt, kann ich nun recht genießen; denn nirgends fühlt man sich einsamer als im Gewimmel, wo man sich allen ganz unbekannt durchdrängt. In Venedig kennt mich vielleicht nur ein Mensch, und der wird mir nicht gleich begegnen.« Recht hat er.

Aber nicht nur im »Gewimmel« findet man in Venedig Einsamkeit. Man muss nur ein paar Schritte vom Touristenpfad abweichen, und schon entdeckt man kaum belebte Plätze, wo man den Wein oder Kaffee in aller Ruhe genießen kann.

Neben diesen Ruhezonen fasziniert mich aber noch ein anderer Umstand, von dem die Krimi-Autorin Donna Leon auch besonders schwärmt: In Venedig fahren – außer auf dem Lido – keine Autos. An keiner Stelle muss man aufpassen, ob nicht ein Raser um die Ecke biegt. Keine Staus an der Ampel, kein Stress – und vor allem keine Abgase.

So gesehen müsste Venedig nicht nur eine Stadt mit prachtvoller Vergangenheit, sondern auch mit sauberer Zukunft sein. Denn die Abgase werden uns eines Tages noch umbringen, wie die UN behauptet. Sie werden den Klimawandel befördern, der der Erde schwer zu schaffen macht.

Doch das abgasarme Venedig wird nicht Vorreiter einer sauberen Zukunft sein. Venedig wird eines der ersten Opfer des Klimawandels: Wenn die Pole schmelzen und der Meeresspiegel steigt, wird Venedig versinken.

Das hat man dann davon, wenn man sich vorbildlich verhält ...

Übersteuert

Nach einer Reise gibt es immer was zu erzählen, wie schon der Volksmund sagt. Ich habe meine diesjährige Sommerreise bereits hinter mir und erlebte folgende merkwürdige Geschichte:

Unser Quartier in einem kleinen Ort im Süden Deutschlands lag ein wenig abseits, sodass wir fast jeden Tag mit dem Bus fahren mussten. Es war ein Kleinbus mit nur zwölf Sitzen. Der Fahrpreis war auch sehr annehmbar.

In der ersten Woche zahlten wir einen Euro pro Person für den immer gleichen Weg von der Haltestelle vor unserer Tür bis in die nächste Kleinstadt. Fast täglich wechselte der Fahrer, aber jeder wollte nur einen Euro.

Bis zur zweiten Woche, beim achten oder neunten Fahrer hieß es plötzlich: 1,20 Euro bitte. Als wir uns über die zwanzigprozentige Tariferhöhung wunderten, zog der Fahrer ein Papier hervor, deutete auf die Haltestelle und daneben stand tatsächlich 1,20 Euro. Also zahlten wir.

Für die Busfahrt am nächsten Tag hielten wir vorsorglich 1,20 Euro bereit. Diesmal saß eine Frau am Steuer. Als wir unser Fahrgeld auf das Tellerchen neben ihr legten, schüttelte sie den Kopf: Die Fahrt kostet 1,30 Euro. Da wurde uns die Sache zu bunt, und wir protestierten heftig darüber, innerhalb von drei Tagen um 30 Cent mehr erleichtert zu werden. Aber auch sie hatte wieder ein Zettelchen parat, auf dem die Summe von 1,30 Euro eingetragen war.

Wir waren gerade dabei, uns in unser Schicksal zu fügen, als ein älterer Mann aus dem Kleinbus nach vorne kam. Er bat darum, doch einmal das Zettelchen sehen zu dürfen. Schnell stellte sich heraus, dass es drei Haltestellen mit demselben Ortsnamen im Vorsatz, aber unterschiedlichen Haltestellennamen gab, was wir Touristen nicht wussten.

Unter dem Beifall und dem Gelächter der anderen Businsassen fragte der ältere Mann die Fahrerin, ob sie entweder nicht lesen könne oder die Touristen einfach abzocken wolle. Unter Murren bekamen wir unsere 30 Cent zurück. Seither wünsche ich mir mehr solche Menschen, die denen, die uns steuern, einmal genauer auf die Finger schauen ...

Ungeschrieben

Isebill salzte nach – so lautet nach einer Umfrage der schönste erste Satz der deutschsprachigen Literatur. Er steht am Anfang des Romans »Der Butt« von Nobelpreisträger Günter Grass.

Der längste Weg beginnt mit dem ersten Schritt, sagt man, doch der erste ist auch immer der schwerste. Der erste Schritt will getan sein, der erste Satz geschrieben. Das verlangt Überlegung und vor allem Mut, denn wie schnell verirrt man sich.

Wie im richtigen Leben – das ja eigentlich auch nichts anderes ist als eine große Erzählung, manchmal spannend, manchmal eintönig, immer aber einzigartig, weil es von jedem selbst verfasst wird. Welchen ersten Satz ich in mein Leben setzte, weiß ich nicht mehr, wahrscheinlich irgendeine Bitte an Mama.

Der erste Satz, der mich in der Schule begleitete, ist mir hingegen noch ganz genau im Gedächtnis: »Peter ruft Flocki«, hieß er. Sicherlich kein nobelpreisverdächtiges Wortgebilde, aber nach guter deutscher Grammatik aufgebaut. Meiner Lebenserzählung würde ich jedoch einen anderen ersten Satz voranstellen, der nicht nur schön, sondern auch richtig ist: »Das Leben ist schön.« Danach kann alles kommen, egal wie. Auch die schlechten Erfahrungen und die dunklen Stunden erhalten von einem solchen Anfang her wieder neues Licht: Das Leben geht nicht nur weiter, es geht schön weiter – wenn man sich daran erinnert. Bis zu jenem Tag, da die Lebensgeschichte wie jede Erzählung an ihr Ende gelangt. Niemand weiß wann und niemand weiß, welchen letzten Satz er sagen wird. Da hat es ein Romanautor wie Grass einfacher.

»Ich lief ihr nach«, heißt der letzte Satz nach 700 Seiten im »Butt«. Nicht gerade der schönste, obwohl er ihn sich aussuchen konnte. Da waren andere Dichter einfallsreicher. Georg Büchner etwa, dessen letzten Satz aus der Erzählung »Lenz« ich mir auch als letzten für meinen Lebenslauf vorstellen könnte: »So lebte er hin« ...

Müßiggang

Während des Sommers fallen sie doch hin und wieder ins Auge. An Flußufern oder in Parks, in Straßencafés, einfach überall dort, wo man etwas Ruhe hat, findet man Menschen, die dem ausgeglichenen Nichtstun nachgehen.

Dolce far niente: Süß ist es, nichts zu tun, und das mitten im sonst so arbeitseifrigen Deutschland. Das gefällt – jedenfalls den Nichtstuenden, den Arbeitseifrigen eher weniger. Die beliebteste Keule, die über den Köpfen der »Faulenzer« geschwungen wird, heißt: »Die leben auf unsere Kosten«. Als Beispiele werden dann gern ein Florida-Paule oder ein Ibiza-Siggi herbeizitiert, die sich unter Zuhilfenahme üppigster deutscher Sozialhilfe die Sonne auf den Bauch scheinen lassen. Wer deutlicher argumentiert, wirft den Nichtstuern zumindest noch mangelnde Solidarität mit der Volkswirtschaft vor. Denn wer nicht arbeitet, schädigt selbige.

Dabei muss man sich nur waschen, rasieren und zur nächsten Arbeitsagentur bewegen, und schon nimmt man an der allgemeinen Vollbeschäftigung teil.

Wenn es die denn gäbe. Einstweilen ist sie eher ein frommer Wunsch. Deshalb sind einige schlaue Menschen auf den Gedanken gekommen, nicht mehr nur die Arbeit, sondern auch die Arbeitslosigkeit zu finanzieren. Grundeinkommen nennen sie das. Meist kommt noch ein »bedingungslos« oder »solidarisch« davor oder es heißt »Bürgergeld«.

Grundsätzlich aber ist immer das Gleiche gemeint: Den Menschen ohne Ansehen der Person und ohne großen Nachweis der Bedürftigkeit eine nicht unerhebliche Summe Geldes in die Hand zu drücken. Die Idee geht quer durch alle Parteien, hat dort überall Befürworter und Gegner. Nur die Sozialdemokraten halten sich insgesamt sehr bedeckt. Das mag an ihrer Geschichte als Partei der Arbeiter liegen. Arbeit ist für sie der Motor der gesellschaftlichen Entwicklung.

Aber der Traum von der umfassenden Herrschaft der Arbeiter und der Arbeit ist längst ausgeträumt – wenn er überhaupt je ernsthaft geträumt wurde. Utopien der Vergangenheit malten sich eher Zeiten aus, in denen nicht mehr gearbeitet werden muss und ewiger Sonntag herrscht.

Die Bewohner, die in diesem ewigen Sonntag leben, nannten sie Müßiggänger. Ich finde, es gibt kaum ein schöneres deutsches Wort, das sich allerdings so manche Erniedrigung der Neider gefallen lassen muss: »Müßiggang ist aller Laster Anfang« …

Magisch

Es gibt Orte, die ziehen magisch an. Irgendwie geht eine besondere Kraft von ihnen aus. Schon in der Steinzeit hatten die Menschen verehrte Orte. Archäologen haben schon viele »Kultplätze« ausgegraben.

Auch heute gibt es solche Orte. Das ZDF hat die Deutschen kürzlich nach ihren Lieblingsorten befragt. Auf Platz eins steht der Kölner Dom, gefolgt vom Brandenburger Tor und dem Portal der Schlosskirche in Wittenberg.

Ich habe in den vergangenen Wochen die Orte aufgesucht und muss meinen Mitdeutschen recht geben: Sie sind schon was Besonderes. Der überwältigende Innenraum des Kölner Doms, der Jahrhunderte Geschichte atmet. Da fühlt man sich dem Himmel wirklich etwas näher. Das Brandenburger Tor, mehr als das Symbol der deutschen Einheit. Was hätten Menschen noch vor wenigen Jahren gegeben, um einmal dort hindurchschreiten zu dürfen. Und das Portal in Wittenberg. Von dort nahm die Umgestaltung des Christentums ihren Anfang, als 1517 Martin Luther seine Thesen anschlug. Wahrlich magische Orte.

Aber neben diesen Orten, die für uns alle viel bedeuten, hat jeder vermutlich einen Platz, der ihn anzieht. Sei es, weil man ganz besondere Erinnerungen dran hat, oder einfach auch, weil man sich durch irgendetwas dort hingezogen fühlt. Steht man dann an jenem Platz, so spürt man etwas, das man nicht beschreiben kann, da alle Beschreibung gleich pathetisch wirkt: Man bezieht Kraft von diesem Ort, ein Schauer durchzieht den Körper.

Zumindest ist es mir so ergangen, als ich in der vergangenen Woche an Goethes Arbeitszimmer stand. Jenem Schreibpult gegenüber, an dem solch wunderbare Werke wie die »Wahlverwandtschaften« und »Faust II« entstanden. Da fehlten mir als Mann des Wortes die Worte. Zum Glück habe ich sie, wie man hier lesen kann, schon wiedergefunden. Mal sehen, ob sie auch kraftvoller werden ...

Luft holen

Als ich mein Fahrrad aus dem Keller holte, bemerkte ich zunächst nichts. Erst nachdem ich ein paar Meter gefahren war, kam mir etwas seltsam vor. Mein Rad schwamm geradezu über die Straße. Ein Blick auf meine Reifen klärte das unschöne Verhalten schnell auf: Mir war die Luft ausgegangen.

Zunächst probierte ich, mit der Luftpumpe meine Reifen wieder aufzublasen. Nur das klappte nicht so recht, ich hatte das Gefühl, da strömt mehr Luft raus, als ich nachpumpen kann. Da meine Reifen über ein Ventil verfügen, das sich auch an Autoreifen findet, entschloss ich mich, die nächste Tankstelle anzufahren, um Luft nachzutanken. Im Gegensatz zum irre teuren Benzin kostet das ja zum Glück auch noch nichts und ist als heimisches Produkt jederzeit verfügbar.

Mit ein, zwei kräftigen Händedrücken waren meine Reifen schnell prall gefüllt wie nie zuvor und ich konnte wieder auf festem Grund fahren. Was so ein wenig Luft doch ausmacht – oder vielmehr: Was wären wir ohne Luft? Unser ganzes Leben ist geradezu eine Luftnummer.

Holen Sie erst einmal kräftig Luft: Rund 23.000 Mal atmen wir pro Tag. Dabei bewegen wir rund 12,5 Kubikmeter Luft, das entspricht 12.500 Litern. Würde ein Liter Luft so viel kosten wie ein Liter Benzin, also rund 1,40 Euro, müsste man 17.500 Euro täglich für das Atmen bezahlen. Da sieht man mal, wie kostbar Luft ist und welch schweren Frevel die begehen, die unsere Luft täglich verpesten.

Hoffentlich habe ich jetzt aber niemanden von denen, die uns ständig mit Gebühren überziehen, auf falsche Gedanken gebracht. Bei Politikern weiß man ja nie, welches Schwein sie morgen durchs Dorf treiben. Nachher lässt sich so ein Luftikus noch eine »Luftgebühr« einfallen.

Doch auch ohne solche Luftnummern sollte man die Luft wertschätzen – wie die indischen Yogis etwa. In deren Übungen steht der Atem im Zentrum. Man hört ihm einfach zu. Das werde ich jetzt auch öfter mal machen ...

Endlich

Der Seufzer kam aus tiefstem Herzen: Nach all der Sonne der vergangenen Wochen wurden die ersten Regentropfen mit einem erleichterten »endlich« begrüßt.

Selbst eingefleischte Sonnenanbeter waren so durchgegart, dass sie die Abkühlung gut gebrauchen konnten.

Wasser ist schließlich Leben, ohne Wasser würde es uns gar nicht geben. Wir selbst bestehen zu einem nicht unerheblichen Teil aus Wasser und brauchen ständig Wasser. Das merkt man spätestens dann, wenn es wieder rauskommt – das Wasser, das man oben reingeschüttet hat.

Mindestens drei Liter soll man sich pro Tag hinter die Binde gießen, damit der Motor läuft. Wasser wohlgemerkt, andere Flüssigkeiten können schon mal zu Betriebsstörungen oder zum Totalausfall führen.

Drei Liter Schnaps zum Beispiel – aber wer kriegt die schon runter? Nun, wer so denkt, kennt unsere Jugend nicht. Die macht es sich im Augenblick zum Sport, nicht nur bis zur Kotzgrenze, sondern gleich bis zum Koma zu saufen. Teures Ecstasy ist out, billiger Fusel ist in. Das knallt offenbar genauso gut und ist viel einfacher zu bekommen. In jedem gut sortierten Haushalt darf ein kleiner Spaßmacher nicht fehlen. Schließlich muss das fette Eisbein auch gut verteilt werden.

Das bleibt den lieben Kleinen natürlich nicht verborgen. Da möchte man doch auch mal probieren. Neu ist das Phänomen nicht – neu ist allenfalls, dass einige Wirte meinen, mit Flatrate-Saufen ihre jugendliche Kundschaft bei Laune halten zu müssen.

Das ist nicht nur ausgesprochen dämlich, sondern zutiefst verantwortungslos. Wer so handelt, hat offenbar seinen Beruf verfehlt. Denn Wirte haben eigentlich eine sehr hohe Verantwortung, schließlich handeln sie auch mit Drogen – oder was ist Alkohol sonst?

Nun gut, letztendlich ist jeder für sich selbst verantwortlich und muss seine Grenzen setzen. Irgendwann hat man den Kanal voll und genug ist. Das gilt aber nicht nur für die Dinge, die man in sich hineinschüttet, sondern auch für die Flüssigkeit, die auf einen herabgeschüttet wird: Lieber Petrus, jetzt reicht es erstmal mit dem Regen ...

Zahnlos

Es pocht und hämmert unerträglich. An Schlaf ist nicht zu denken. Ich wälze mich im Bett herum. Der Zahn macht mich wahnsinnig.

Zahnschmerzen sind widerlich und gehören abgeschafft. Das musste mal gesagt werden. Leider ändert das nichts, und so hin und wieder muss man die Plage über sich ergehen lassen.

Dabei hatte ich mal irgendwo gelesen, dass Zähne so etwas Ähnliches wie Fingernägel sind. Nur haben die den Vorteil, dass sie nachwachsen.

Beim Hai sollen auch die Zähne nachwachsen. Das wär doch mal was: Man lässt sich den faulen Stumpen aus dem Mund entfernen und nach kurzer Zeit hat man dann strahlend weiße Superstarbeißer. Wer weiß, was die Forschung da genetisch irgendwann mal manipulieren wird.

Bis dahin aber muss der Schmerzgeplagte den Gang zum Zahnarzt antreten. Und der hat irgendwann nur noch eine Möglichkeit: Die karieszersetzten Trümmer müssen raus.

Mir bleibt als Mitglied des Menschengeschlechtes der Gang zum Zahnarzt-Folterstuhl natürlich auch nicht erspart. Wobei der Schmerz die Angst ganz schnell überwinden half.

Hinterher ist man dann ganz froh, den quälenden Schmerz los zu sein. Nur muss ich sagen, dass mich nach meiner letzten Behandlung das Entsetzen packte. Als ich mich freundlich im Spiegel anlachte, sah ich – nichts! Weg sind die Dinger.

Meine beiden kleinen Enkel fanden das durchaus amüsant: »Opa du siehst ja aus wie wir.« Jawoll Ihr kleinen Schlaumeier, nur mit dem Unterschied, dass Euch neue Zähne wachsen, mir nicht.

Ich muss mir nun für viel Geld ein neues Esszimmer einsetzen lassen. Für die Kohle hätte ich mir auch einen schönen Kleinwagen kaufen können.

Aber die Gesundheit geht natürlich vor – und die Eitelkeit. Wer will schon ohne Zähne rumlaufen und auf der Felge nuckeln? Der kraftvolle Biss gehört schließlich zu meinem Job ...

Fahr Rad

Ehrlich, ich war nur ein paar Minuten weg und habe das Fahrrad auch fest an einem Bügel angeschlossen. Als ich zurück kam, stand das blanke Entsetzen in meinem Gesicht: das Fahrrad ist weg.

Ich lief noch ein wenig hin und her, vielleicht hatte ich mich nur im Parkplatz geirrt. Doch die kleine Hoffnung zerschlug sich schnell. Das Rad war eindeutig verschwunden.

Die unangenehme Überraschung wich dann gleich einer Art von Sentimentalität. Natürlich ist so ein Fahrrad nur ein Objekt und kein Mensch, dem man tief nachtrauert. Ein Mensch ist unersetzlich, ein Rad lässt sich leicht nachkaufen.

Doch zwischen mir und meinem Fahrrad hat sich über die Jahre unseres Zusammenseins eine durchaus enge Verbindung entwickelt. Da ging mir im Augenblick ‚seines Verschwindens so manche Erinnerung durch den Kopf.

Was haben wir nicht alles gemeinsam erlebt, wo sind wir nicht überall gewesen. Sicher und schnell hast Du mich über Straßen und Feldwege getragen. Bergauf und bergab, ohne zu murren.

Entschuldige, wenn ich Dich manchmal durch harte Schlaglöcher fuhr. Du hast mich nie abgeworfen. Für Dich habe ich mein Auto abgeschafft, um mich ganz Dir zu widmen. Nun wirst Du wahrscheinlich jemand anderes durch die Lande fahren. Jemand, der Dich für billiges Geld von dem dreisten Diebe erworben hat. Oder gar den Dieb selbst. Vielleicht verweigerst Du ihm ja die Arbeit, rostest ein oder brichst einfach zusammen.

Ich ging unterdessen zur Polizei, um den Diebstahl zu melden, und kurz darauf zum Fahrradladen, um mir ein neues Rad zu kaufen. Nur keines wollte mir gefallen. Meins war halt meins.

Gesenkten Hauptes ging ich nach Hause. Und da geschah das Unglaubliche: Am Bügel stand mein Fahrrad. Unangeschlossen, aber es war da. Ich machte mir keine weiteren Gedanken darüber, warum. Ich stieg einfach auf und fuhr davon . . .

Geduld

Darf ich bitte vor, ich habe nur ein Brot, so sprach mich an der Kasse des Supermarktes eine junge Frau mit Kinderwagen an und hielt mir ein Paket Brot unter die Nase. Nun, man ist ja ganz Gentleman und gestattet das Ansinnen mit jovialer Geste: »Bitte schön.«

Vielleicht hätte es mich ein wenig stutzig machen sollen, dass in dem Kinderwagen kein Kind, sondern eine Tüte lag. Die griff sich die junge Dame mit nur einem Brot und leerte sie auf das Laufband. Da hatte sie mich ganz cool reingelegt.

Solch ein Erlebnis kann einem die Freundlichkeit austreiben. Ich nahm es gelassen und nutzte die Wartezeit, um über eben diese nachzudenken.

Nimmt man etwa drei Minuten an, die man durchschnittlich vom Anstellen bis zum Bezahlen an der Supermarktkasse zubringt, so kommt man im Laufe eines Lebens leicht auf mehr als einen Monat rund um die Uhr »Kassestehen«. Rechnet man die Wartezeiten bei Ärzten und Behörden oder auf Bus und Bahn hinzu, so ist man sicher bei gut einem Jahr.

Ein Jahr seines Lebens wartet man. Statt mit Freunden in fröhlicher Runde zusammen zu sein oder einer irgendwie sinnvollen Tätigkeit nachzugehen, tritt man von einem Fuß auf den anderen und macht ansonsten nichts. Nachdenken im besten Fall – und ärgern.

Denn nirgendwo ärgert es sich besser als beim Warten. Zunächst ärgert man sich über das Warten. Die nächste Stufe betrifft meist das »Schlangenmysterium«. Ist Ihnen auch schon aufgefallen, dass man sich immer in die falsche Schlange eingereiht hat. Mag die Schlange auch noch so kurz sein, an der anderen geht es immer schneller.

Wie ich noch so darüber nachdenke, bin ich plötzlich dran. Die Verkäuferin zieht den Barcode der Artikel über die Scannerkasse – und zwar mit einem Affenzahn. Ich komme mit dem Einpacken gar nicht hinterher und schon streckt sie mir die Hand zum Kassieren entgegen: »23,94.«

Na hoppla, so schnell wollte ich das nun auch wieder nicht. Schließlich habe ich mich in Geduld geübt. Und die erwarte ich jetzt auch von der anderen Seite ...

Erregung

Nichts ist so alt wie die Zeitung von gestern. Nun, nicht weil das Papier vielleicht nicht mehr die aktuelle Frische aufweist und vergilbt – zum Fischeinwickeln oder Scheibenverkleben reicht sie auch noch nach mehreren Wochen.

Mit rasanter Geschwindigkeit altert, was drin steht. Erinnern Sie sich etwa an den 27. November 2000? Alle Blätter waren voll vom ersten amtlich bestätigten BSE-Fall in Deutschland.

Die Erregung in der Republik war auf ihrem Siedepunkt. Kühe wurden massenhaft geschlachtet, Rinderbraten und Roulade verschwanden aus den Regalen. Kantinenpächter mussten seitenlange »Ehrenerklärungen« darüber aushängen, dass das vielleicht noch verwendete Rindfleisch unbedenklich sei.

Deutschland im Ausnahmezustand wegen ein paar großer Buchstaben. Gut sechseinhalb Jahre später sucht man die Buchstaben vergeblich in den Gazetten – dabei gab es von damals bis heute fast 400 BSE-Fälle allein in Deutschland. Aber wen stört das schon? Heute findet man andere Buchstaben und Zahlen. H5/N1 ist solch eine Kombination. Sie wissen nicht, was das ist? Damit wird das Vogelgrippe-Virus abgekürzt. Schock und Entsetzen ergriff die Erregungsmaschinerie Anfang 2006, als die ersten toten Vögel auf Rügen herumlagen. Wochenlang geisterten mit Maske und Schutzanzug gespenstisch verkleidete Sammeltrupps durch die Medien.

Und ansonsten passierte das Gleiche wie bei BSE: Tod allem Geflügel, das nicht schnell genug im Stall war, verzweifelte Kantinenpächter und Grillhähnchen zum Spottpreis.

Heute melden die Medien jeden Tag von neuen Vogelgrippe-Fällen in Deutschland. Aber wen stört das schon? Die Welle der Erregung und des Vergessens scheint irgendwie über alles hinwegzuschwappen. Fragt sich nur, wer Nutzen daraus zieht.

In einem aktuellen Fall ist das ziemlich deutlich. Minister Michael Glos stellt den Atomausstieg in Deutschland in Frage. Die Atomlobby rechnet offenbar mit dem Gesetz von Erregung und Vergessen: Tschernobyl war mit großer Aufregung im Jahr 1986 – heute haben wir zahlreiche Atomkraftwerke, also ist die Erregung vergessen. Wenn sie sich da mal nicht täuschen ...

Wohlness

Draußen peitscht der Regen, der Sturm fegt die Bätter von den Bäumen. Ein typisch grauer Novembertag.

Mir aber läuft ein wohliger Schauer über den Rücken. Nicht weil ich Regen und Sturm so besonders anziehend finde, auch wenn so ein Wettertag seinen ganz eigenen Reiz hat.

Nein, ich habe mich auf einer Liege ausgestreckt, und über meinen Rücken gleiten teils sanft, dann wieder fest die geschulten Massage-Hände.

»Massein« nannten das die alten Griechen: »kneten«. Was auf meinem Rücken passiert, ist aber viel mehr als kneten.

Massage ist heutzutage eine ausgefeilte Entspannungskunst und als solche Teil der Wellness-Mode.

Wer allerdings einmal unter solch knetenden Zauberhänden lag, lässt sich gern von der Wellness-Welle mitreißen.

In sanften Wogen gleite ich auf meiner Liege dahin und immer weniger habe ich den Eindruck, »geknetet« zu werden. Vielmehr erinnern mich die kreisenden und gleitenden Bewegungen der Hände auf meinem Rücken an eine »Message«. Das ist das englische Wort für Botschaft oder Nachricht.

Und die Nachricht, die die knetenden Hände auf meinen Rücken schreiben, ist einfach zu entziffern: »Fühl dich wohl.«

Längst habe ich Sturm und Regen vergessen, lausche noch ein wenig der dahinfließenden Musik, und schon bin ich im Schlummerland angelandet. So könnte es bleiben.

Leider ist nach 20 Minuten schon wieder Schluss. Die Hände hören auf zu kneten. Die Seligkeit ist vorbei. Ich muss wieder raus in Sturm und Regen.

Aber eins ist wohl sicher: Auch kommende Woche gönne ich mir ein paar Minuten »Wohlness« ...

Geschenk

Auch der zwanzigste Weihnachtsmarktbesuch und die zehnte Weihnachtsfeier, so schön sie auch waren, können in mir ein Gefühl nicht unterdrücken, das mich seit ein paar Jahren in der Vorweihnachtszeit beschleicht: Mir ist nicht recht weihnachtlich zu Mute.

Die erste Frage, die sich daran anschließt, ist natürlich, was es damit auf sich hat, wenn einem »weihnachtlich zu Mute« ist. So ganz genau kann ich das nicht beantworten. Mein erster Versuch würde darauf zielen, dass man zu Weihnachten den Gefühlen ein wenig mehr freien Lauf lässt. Man ist irgendwie besinnlicher und gemütlicher – oder war es zumindest einmal. Angesichts des hektischen Treibens all überall, der vollen Kaufhäuser und der zahllosen Weihnachtsfeiern kommt eher Stress als sentimentale Besinnung auf. Früher war das ganz anders – behauptet man dagegen ganz vehement. Klar, als Kind konnte einem der ganze Stress, den die Erwachsenen hatten, auch ziemlich egal sein, schließlich dreht sich zu Weihnachten die Welt nur um die Kinder.

Heiligabend öffnete ein als Weihnachtsmann verkleideter Onkel die Tür zum Wohnzimmer, und wir stürzten uns auf die Geschenke unter dem Tannenbaum. Als Dank leuchteten unsere weihnachtsseligen Kinderaugen.

Das ist heute noch so wie damals, und die leuchtenden Kinderaugen entschädigen für jeden Stress.

Was aber ist mit uns Erwachsenen, sind wir mit einem Geschenk noch genauso zu beeindrucken? Man gibt die Hoffnung ja nicht auf. Dafür sprechen auf jeden Fall die Verkaufszahlen der Wirtschaft in der Vorweihnachtszeit.

Man kann und will sich dem allgemeinen Geschenketreiben nicht entziehen. Dennoch beschleicht mich immer wieder ein unwohles Gefühl, ob denn ein DVD-Player oder eine Kaffeemaschine wirklich ein Geschenk von Herzen ist. Deshalb werde ich wohl im Wesentlichen eins verschenken: Liebe ...

Entsorgen

Ein Buch ist ein längerer Brief an Freunde, hat ein berühmter Autor einmal geschrieben. Gute Bücher haben, obwohl sie keinen konkreten Adressaten kennen als »den Leser«, etwas Vertrautes an sich. Die Betonung liegt auf »gut«, unter den Millionen Büchern, die auf dem Markt zu haben sind, befindet sich natürlich reichlich Schund.

Was »gut« ist, muss allerdings jeder für sich entscheiden. Schon seit meiner Kindheit begleiten mich ein paar Helden. Andere lernte ich erst später kennen. Sie sind mir mittlerweile so vertraut, dass sie mir wie gute alte Bekannte vorkommen.

Doch es kam der Tag, da ich Abschied von ihnen nehmen musste. Die teils recht abgegriffenen Wälzer passten nicht in die neue Wohnung. Nicht weil sie unansehnlich und vergessen waren, sondern schlicht aus Platzmangel. Was macht man aber mit guten alten Bekannten? Man kann sie doch nicht einfach auf den Müll werfen. Für einen Büchernarren wie mich wäre das so, als würde man einen Teil von sich selbst entsorgen, quasi die Hand abhacken. In einem Antiquariat traf ich kürzlich einen Herren, dem es ähnlich ging wie mir. Er konnte sich ebenfalls nicht von seinen Schätzchen trennen und hoffte, sie über das Antiquariat an andere Liebhaber weiterzureichen. Der Antiquar winkte ab. Seine Liebsten würden niemand mehr interessieren. Aber er könne sie gern fachgerecht entsorgen.

Oh Schock. Nicht einmal Buchhändler haben noch Respekt vor den Briefen an Freunde. Für sie sind sie eine Handelsware. Mein Problem konnte hier auch nicht gelöst werden. Ich versuchte es darauf mit der Tauschecke beim Arzt und einer Schenkung an eine Hilfsorganisation. Doch auch da erwiesen sie sich als Ladenhüter. Schließlich willigte ich ein, dass man mir die Bücherregale in entsorgender Absicht leerte – ohne mein Beisein natürlich. Als ich dann die leeren Regale sah, brach ich fast in Tränen aus. Mittlerweile habe ich mich wieder gefangen. Die Regale sind wieder voll. Ich habe mir meine Schätzchen einfach wieder zurückgekauft ...

Draußen

Der französische Philosoph Pascal hat einmal behauptet, dass alles Unglück dieser Welt daherrühre, dass die Menschen nicht ruhig zu Hause sitzen könnten.

Das mag wohl früher im siebzehnten Jahrhundert gegolten haben, spätestens seit Erfindung von Computer und Internet aber weiß man, dass man auch zu Hause am Schreibtisch so manchen Unfug treiben kann.

Von der Ballerspielen über Betrug bis hin zu Sex und Porno kann man die unappetitlichsten Dinge treiben. Da wünscht man sich, die Menschen würden heute schleunigst das Heim verlassen, damit sie nicht so viel Mist bauen. Das Wetter lädt ja auch durchaus dazu ein, mehr freie Zeit in der Natur zu verbringen. Nun, so lange es nur die Natur ist, mag das wohl noch gehen, wehe aber, man trifft auf menschliche Artgenossen. Der Mensch ist dem Menschen ein Wolf, heißt es und irgendwie scheint immer ein wenig Zusammenstoß in der Luft zu liegen, auch wenn man es nicht sofort riechen kann. Das musste kürzlich die Theatergruppe in Halberstadt schmerzvoll erfahren, die von einer offenbar braun gebürsteten Horde so mir nichts, dir nichts auf offener Szene verprügelt wurde.

Nun dachte ich, Halberstadt und die Prügelknaben sind weit weg. Doch weit gefehlt. Nicht nur braunen Horden sitzen die Fäuste locker, sondern auch eher schmächtigen Damen tief im Westen.

Man sollte es nicht glauben. Ich habe es auch nicht getan bis zu jenem Tag in der Straßenbahn, als die Dame und ihr Begleiter mit dem Fahrrad einstiegen. Der platzierte sein Gefährt so ungeschickt am Hosenbein einer anderen Dame, dass sie ein paar Fettflecken von der Kette davontrug. Die beschwerte sich natürlich.

Was daraufhin passierte, geschah so unverhofft wie plötzlich. Die eine Dame riss der anderen an den Haaren, hier gab es einen Kinnhaken unter Männern, dort prügelten sich Mann und Frau. Das Getümmel konnte nach geraumer Zeit erst unter massivem Polizeieinsatz beigelegt werden. Ich verließ derweil völlig irritiert die Szene. Doch draußen erwartete mich die Natur mit einem heftigen Gewitter. Wäre ich doch besser daheim geblieben ...

O Tannebaum

Es ist schon etwas Merkwürdiges, unsere Sitte, das Wohnzimmer zum Weihnachtsfest mit einem ausgewachsenen Baum zu dekorieren.

Zwar soll der Kult um den Baum eher heidnischen Ursprungs sein, doch schon der Reformator Luther soll ein Nadelgehölz in der Stube gehabt haben.

Wie dem auch sei, der Ursprung des Baumaufstellens ist eher zweitrangig, wenn alljährlich ein echter Glaubenskrieg um den wahren Weihnachtsbaum ausbricht.

Das beginnt bereits mit der Wahl des Gehölzes. Wer es nicht über das Herz bringt, einem Lebewesen den Garaus zu machen, sollte lieber ganz auf den Wohnzimmerschmuck verzichten.

Für all die anderen stellt sich die Frage: kaufen oder selbst schlagen? Viele entscheiden sich für den Kauf, weil sie dem heimischen Wald kein Leid zufügen mögen.

Doch da stellt sich schon die nächste Frage: Kauft man beim flüchtigen Weihnachtsbaumhändler, die zwei bis drei Wochen vor dem Fest ihre Ware anbieten, oder beim gewohnten Supermarkt. Da dürfte wohl der Preis für viele ausschlaggebend sein.

Hat man sich für eine Kaufvariante entschieden, steht man vor dem nächsten Problem: Tanne, Fichte oder gar ein künstlicher Baum? Wer es edel mag, wird sich für eine Nordmanntanne entscheiden, dem Lieblingsweihnachtsbaum der Deutschen. Aber auch die serbische Edelfichte erfreut sich immer größerer Beliebtheit.

Nächstes Thema ist das Kaufdatum: erst zu Heiligabend oder schon zum Advent?

Hat man das Ding dann endlich, geht es erst richtig los: Schmückt man den Baum mit echten Kerzen oder mit elektrischen, hängt man Glaskugeln dran, wenn ja, in welcher Farbe? Soll man mit Lametta dekorieren oder Süßigkeiten dranhängen? So ein Weihnachtsbaum ist schon eine Wissenschaft für sich. Um wenige Dinge wird so ein Aufheben gemacht – nur um es nach wenigen Tagen wieder loszuwerden. Das ist dann das nächste Problem ...

Ritterlich

Glotzt nicht so romantisch, es ist alles nur Theater – so soll Bertolt Brecht die Besucher seiner Vorstellungen begrüßt haben. Andere hingegen behaupten sogar, nicht nur das Theater sei Theater, sondern das ganze Leben.

Nun könnte man seitenlange philosophische und psychologische Diskurse anfangen, ob es im Wesen des Menschen liegt, den anderen immer etwas vorzuspielen. Die Meinungen werden auseinandergehen.

Dass aber wohl so eine Art Sehnsucht, ein anderer sein zu wollen, in fast jedem schlummert, ist dieser Tage nicht nur in katholischen Gebieten zu beobachten. Viele nutzen die Karnevalstage, um sich zu verkleiden.

Da sieht man Hexen und Teufel, Araber und Bauchtänzerinnen, Mafia-Bosse und Cowgirls. Die Phantasie ist grenzenlos.

Nun ist die Wahl vieler Kostüme wahrscheinlich dem Umstand geschuldet, welches im Kaufhaus gerade noch am Lager gewesen ist.

Dennoch sagt so ein Kostüm sicher einiges über die innere Befindlichkeit ihres Trägers aus.

Vielleicht versteckt sich hinter der garstigen Hexe eine biedere Hausfrau, und der machohafte Mafia-Boss ist in Wahrheit ein kleiner Beamter. Beim Karneval dürfen sie dann endlich mal »die Sau rauslassen« – wie gut, denn der graue Alltag kommt früh genug zurück.

Auch ich habe mich zum Karneval diesmal in eine neue Schale geschmissen. Und wenn ich darüber nachdenke, dann kommt meine Kostümierung auch aus meinem Inneren oder besser aus längst vergangenen Kindertagen: Ich gehe als Ritter.

Die haben mich schon immer fasziniert, kämpfen sie doch für das Gute und vor allem um das Herz galanter Damen. So stellte ich sie mir vor. Inzwischen weiß ich natürlich um das harte Leben im Hohen Mittelalter und darum, dass die vermeintlich edlen Recken in Wahrheit oft brutale Haudegen waren.

Aber was solls. Karneval ist doch nur großes Theater, und ich bin für ein paar Stunden ein ritterlicher Held und Minnediener. Am Aschermittwoch ist ohnehin alles vorbei ...

Überdruss

Einst entbrannte der Göttervater Zeus unter Beihilfe des listigen Eros in heißer Liebe zum schönen Mädchen Europa. Da der ehebrecherische Schwerenöter die Eifersucht seiner Gattin Hera fürchtete, verwandelte er sich in einen weißen (oder goldenen) Stier.

Der Götterbote Hermes führte den verliebten Chef in eine Viehherde. So konnte der unerkannt seine Angebetete erreichen. Das Mädchen Europa setzte sich auf den Rücken des Stieres, der stob davon, stürzte sich in die Fluten und entführte sie auf die Insel Kreta.

Dort verwandelte sich der wilde Stier wieder in den göttlichen Zeus. Der darüber verstörten Europa erklärte die Liebesgöttin Aphrodite, dass sie nun Gespielin des höchsten Gottes und mithin unsterblich sei. Als Zeichen ihrer Unsterblichkeit werde der Kontinent, auf dem sie sich befinden, fortan ihren Namen »Europa« tragen.

So erzählten sich die alten Griechen die Geschichte von Europa. Heute sehen wir das mit etwas anderen Augen. Denn die Liebe dürfte den Göttervater blind gemacht haben. Was er sich als Stier auf den Rücken lud, war nicht das eine schöne Mädchen Europa, es waren ganz viele und viele unterschiedliche – fünfundzwanzig, um genau zu sein. Und es sind noch immer nicht alle. Am Schwanz zieht bereits mit aller Kraft eine orientalische Schöne. An den Flanken versuchen verzweifelt einige ärmliche Europäerinnen, den Rücken des Stieres zu erklimmen.

Dem will das alles nicht mehr gefallen. Schon strauchelt der Koloss gewaltig und kommt kaum noch vorwärts. Zwar hat er noch ein wenig Freude an einigen jungen Gespielinnen, die ihm um den Bauch gehen und so manch kleines Glück freudig empfangen.

Oben auf dem Rücken sitzen noch die alten Europa-Damen. Doch die kriegen es langsam mit der Angst zu tun und wollen da runter – so die Marianne aus Frankreich und die Antje aus Holland.

Eine aber hält sich krampfhaft an den Hörnern des wild gewordenen Stieres fest und versucht, ihn auf Kurs zu halten: Germania heißt die alte Dame.

Keine der anderen mag sie so recht, seit sie einmal versucht hat, die anderen vom Stier zu schmeißen. Loslassen aber käme ihr nie in den Sinn. Sie will jetzt allen zeigen, dass sie den Stier in den Griff kriegt.

Wenn sich da die alte Germania man nicht kräftig überschätzt ...

Was bleibt

Beim Aufräumen im Keller fiel mir ein alter Koffer in die Hände. Völlig zerschlissen, von Wasser und Kälte aufgeweicht, an einigen Stellen gar schon angefault und dementsprechend von schlechtem Geruch. Es war mir gar nicht mehr bewusst, dass ich ihn noch besitze, ich wähnte ihn bei einem der zahlreichen Umzüge verlorengegangen.

Vor langer Zeit nutzte ich das mittlerweile unansehnliche Stück, um Dinge darin aufzubewahren, die mir zur Bewahrung würdig schienen. So sammelte ich Briefe und Fotos, aber auch so manche Kuriosa.

Ein zerrissenes Uhrenarmband, einige Aufkleber, ein versteinertes Fossil und ein paar verklebte Bonbons fanden sich und vieles Seltsame mehr. Das alles muss mir einmal wichtig gewesen sein, bei vielen Stücken weiß ich nur beim besten Willen nicht mehr warum.

Beim Blättern durch die Briefe und Betrachten der Fotos werden jedoch bald Erinnerungen wach. Was hat man doch Freundlichkeiten ausgetauscht und Herzlichkeiten geschworen mit Menschen, die man längst aus den Augen verloren hat. Ob die wohl noch leben, frage ich mich, und wenn ja, was sie wohl erlebt haben nach dem Ende unseres Briefwechsels. Und wie sie wohl aussehen? Auf den Fotos sind wir noch jung, die Zeit wird so manche Falte in ihre Gesichter eingeprägt haben. Ich hoffe, es ist ihnen gut ergangen.

Das seltsamste Stück aber, das ich beim Stöbern durch den Koffer fand, war eine Brille mit gelber Fassung. So ganz genau weiß ich nicht mehr, wie sie in meinen Besitz kam. Mein Opa hat sie Anfang der siebziger Jahre nach der Auflösung des Haushaltes seiner verstorbenen Schwester mitgebracht, und mir hat sie wohl gefallen.

Brillen haben etwas Sonderbares an sich. Irgendwie spürt man die Gegenwart des Trägers, auch wenn er über seine Sehhilfe längst hinweggestorben ist. Es ist, als wär es ein Stück von ihm – begreifbare Erinnerung. Die bleibt …

Koffer

Wenn man auf die Schnelle sagen soll, was das Wichtigste und wirklich Unabdingbare einer Urlaubsreise ist, wird man sicher viele Antworten geben: das Wetter, freie Autobahnen, pünktliche Flieger. Doch auf das Naheliegendste wird man kaum kommen – oder haben Sie schon mal einen längeren Urlaub ohne Koffer gemacht? Das werden wohl die wenigsten sein.

Ohne Koffer oder Tasche geht es nicht. Irgenwie muss man transportieren, was man für zwei oder drei Wochen braucht: Hemd und Hose, Unterwäsche, Schuhe. Ganz besonders wichtig sind natürlich die Dinge für die Körperpflege, Kosmetik und Medikamente. Hinzu kommt noch die Urlaubslektüre, und viele schleppen sogar den Laptop mit.

Hat man erst einmal alles verstaut, wird man erstaunt sein, dass es eigentlich völlig egal ist, ob man ein paar Tage oder ein paar Wochen verreist. Die Grundmenge bleibt immer die gleiche. Um den Koffer nicht zu schwer werden zu lassen, verteilt man es deshalb klugerweise auf mehrere Behältnisse.

Wir haben uns vor einiger Zeit bereits für das Gegenteil entschieden und reisen nur mit einem Koffer. Der ist nun so voluminös, dass er von einer Person nicht mehr transportiert werden kann. Aber meine Frau und ich sind ein eingespieltes Team, und so geht das ohne Probleme.

Mit dem Ungetüm fallen wir jedoch überall auf. Während es vor einigen Jahrzehnten noch üblich war, mit dem Schrankkoffer durch die Welt zu reisen, ist man heute ein echter Exot. Die Welt ist nicht mehr auf große Koffer eingerichtet.

Am Flughafen etwa passt das Ding nicht auf das Laufband fürs Reisegepäck. Da muss man dann für Sondergepäck extra zahlen. Die Packer am Flugzeug brechen regelmäßig zusammen, wenn sie unser Ding in die Hände kriegen. Einmal hatten wir einen Busfahrer, recht stämmig von Figur, der meinte, er könne das Ding einfach so anheben. Selten so gelacht. Schließlich meinte er, wir sollten doch den blinden Passagier daraus befreien.

Unser Koffer passt natürlich nicht in die Gepäckablage in Zügen und oft nicht in den Hotellift. Aber warum reisen wir dann noch immer mit dem Monstrum? Nun, es ist halt ein echtes Abenteuer ...

Ende

Graue Nebel wallen, die Nächte sind lang, es ist kühl und leichter Nieselregen dringt in alle Poren. Der Mensch zieht sich ins Haus zurück und in sich selbst. Gedanken ans Ende machen sich breit, düster wie die Welt da draußen.

So ist der November – oder besser: So haben wir den November in unserer Erinnerung und haben unsere Traditionen danach ausgerichtet. Am Ende des Novembers sind der Volkstrauertag, der Buß- und Bettag und der Totensonntag. Eine Woche der Besinnung und Nachdenklichkeit.

Danach folgt der Advent. Die Weihnachtsmärkte öffnen und man kann Glühwein und heiße Maronen genießen – wenn man von alten Traditionen nicht lassen will. Denn die Temperaturen der vergangenen Tage stimmten weder novemberlich nachdenklich, noch luden sie zum vorweihnachtlichen Glühweintrinken ein. Stattdessen könnte man sich zum spätsommerlichen Grillfest unter der festlich geschmückten Weihnachtspalme treffen. So ändern sich die Zeiten. Und die unvermeidliche Frage gleich hinterher: »Wer ist Schuld?« Wer die himmlischen Vorgänge in himmlischer Verantwortung sieht, mag die Wetterkapriolen der Altersschwäche von Petrus zuschreiben.

Wissenschaftlich ist die Antwort aber wesentlich härter, wie von der derzeit in Nairobi tagenden Klimakonferenz zu hören ist. Schuld ist der Mensch – wir alle. Wir, die wir tonnenweise Schadstoffe in den Himmel blasen und dem Klima langsam den Garaus machen. Und damit irgendwann unserer Gattung selbst.

Denn wie am Ende eines jeden einzelnen Menschenlebens der Tod steht, wird wohl auch am Ende die Menschheit der Tod ereilen. Sofern sie nicht umdenkt und umlenkt. Nur danach sieht es leider nicht aus. Wer wollte auch Millionen von Chinesen verwehren, was uns westlichen Gutmenschen lieb und teuer ist: das Autofahren.

So kommt man an einem schönen sonnigen Novembertag doch noch zu traurigen Gedanken …

Durchschnitt

Als ich kürzlich langsamen Schrittes durch die Straßen schlenderte, fiel mir ein Plakat ins Auge. Ein Zigarettenhersteller suchte da etwas »Hässliches«, das er gegen etwas »Schönes« eintauschen wollte.

Zur Illustration des Angebotes waren dort ein etwas seltsamer, offensichtlich moderner Sessel und ein in dunklem Rosa gehaltener Hirsch abgebildet. Ich fragte mich ganz verzweifelt, wie man an solch einen hässlichen Sessel kommen könnte, um ihn gegen den schönen stolzen Hirsch einzutauschen. Da fiel mein Blick auf den danebenstehenden Text, der den Sessel als »schön« identifizierte und den Hirsch als »hässlich«.

Das kommt also dabei heraus, wenn man sich dem Genuss des Blauen Dunstes hingibt. Es schädigt nicht nur Herz und Lunge, wie es ja schwarz umrandet jetzt auf den Zigarettenpackungen zu lesen ist, sondern vernebelt einem auch noch das Geschmacksempfinden. Denn warum sollte etwas so Wunderbares wie ein Hirsch hässlich sein?

Über Geschmack lässt sich angeblich nicht streiten. Ich denke, genau das Gegenteil ist der Fall. Wir streiten ständig um nichts anderes. Dem einen gefällt dieses, dem anderen jenes. Man stelle sich einmal vor, allen würde das Gleiche gefallen, dann könnten wir nicht einmal mehr behaupten, dass es schön oder hässlich wäre, denn wir hätten keinen, mit dem wir uns darüber streiten könnten. Wäre das Leben da nicht langweilig?

Es gibt allerdings einen gemeinsamen Nenner für das »Schöne«: Es muss nur schön durchschnittlich sein.

Die »goldene Mitte« hieß dies bei den alten Griechen. Auf dem Level ist alles weder schön noch hässlich oder wie William Shakespeare sagte: »Schön ist hässlich, hässlich schön«.

Auf dieser einsamen Höhe des Schön-Hässlichen steht auch der altrosa Hirsch. Über menschlichen Geschmack ist er als ein Stück Natur ganz einfach erhaben. Merkt euch das, ihr Zigarettenpaffer...

Abwarten

Wir waren schon einige Zeit unterwegs an jenem Silvesternachmittag. Vielleicht zehn Kilometer oder mehr irgendwo in der Heide. Ich kann Wegstrecken immer schlecht abschätzen. Nun schmerzten uns die Füße und es begann zu regnen.

Da sahen wir das Wartehäuschen. Ein solides Holzhäuschen an der Mauer eines Bauernhofes, das etwas Schutz und Ruhe versprach – und vielleicht die Aussicht, dass ein Bus uns bequem weiterbringen würde. Wie auf dem Lande üblich, waren allerlei Ankündigungen an das Holz des Häuschens geheftet. Da wurde zur Weihnachtsfeier und zur Silvesterparty geladen. Die Gemeinde kündigte die Baumabfuhr an. Doch so lang wir auch suchten, ein Busfahrplan war nirgendwo zu entdecken.

Da standen wir nun im Regen mit schmerzenden Füßen in einer abgehängten Haltestelle. Schon sahen wir die Aussicht auf unsere Silvesterparty schwinden. Wie sollten wir hier wieder wegkommen? Denn dummerweise hatte ich die Landkarte zu Hause auf dem Tisch liegen lassen. Zum Weitergehen fehlte uns einstweilen die Kraft und angesichts des Regens auch die Lust. Erst nach einiger Zeit des zermürbenden Wartens fassten wir wieder Mut. Nur wussten wir nicht, welche Richtung wir einschlagen sollten. Da kam uns die Idee, beim Bauernhof nachzufragen, der sich hinter dem Wartehäuschen anschloss. Doch der Hof schien ausgestorben. Nirgendwo war ein Licht zu sehen. Als wir schon ganz niedergeschlagen den Rückweg antreten wollten, fielen uns in der Remise ein paar Beine auf, die unter einem klapprigen Auto hervorlugten. Der Bauer unterbrach seine Arbeit und gab uns etwas mürrisch Auskunft über den weiteren Weg. Dabei stellte sich heraus, dass wir ein gutes Stück des Weges wieder zurückgehen mussten, den wir bereits gegangen waren, um zumindest auf eine in Betrieb befindliche Bushaltestelle zu treffen.

Enttäuscht, müde und misslaunig traten wir unseren Weg an. Wir waren etwa eine Viertelstunde im Regen gegangen, da hielt plötzlich das Auto neben uns, an dem der Bauer geschraubt hatte. Die Tür ging auf und der Bauer winkte uns zu sich herein.

So kamen wir doch noch trocken und schnell zu unserer Silvesterparty – man soll die Hoffnung nie aufgeben ...

Wintergefühl

Langsam macht dieser Winter, der ein Herbst ist, ziemlich Angst. Nur gelegentlich streift das Thermometer die null Grad, ansonsten sind die Temperaturen zweistellig.

Am schlimmsten aber sind die ständigen Stürme, die leider schon zahlreichen Menschen das Leben gekostet haben. Auch vor meine Füße fiel ein Dachziegel. Die Einschläge kommen näher – von Wintergefühl keine Spur.

Wer dennoch seine Winterlaune ausleben möchte, muss schon weit reisen und erntet nach der Rückkehr Kopfschütteln, weil niemand glauben mag, dass es den Winter noch gibt.

So ist es einem Kollegen ergangen. Der begeisterte Skifahrer ist in Südtirol auf seine Kosten gekommen – nur hat ihm zunächst niemand geglaubt. Erst »Beweisfotos« von der weißen Pracht ließen auch die letzten Zweifler verstummen.

Nun, ganz so natürlich, wie die Winterwunderwelt im Bild aussah, war sie dann doch nicht, wie der Kollege zugeben musste. Nachts wurde reichlich Kunstschnee auf die Pisten geblasen. Ob das aber der Winterweisheit letzter Schluss ist, wage ich zu bezweifeln.

Mit gutem Recht versuchen natürlich die Alpenbewohner, ihre wirtschaftliche Grundlage zu retten. Doch die Natur wird sich mit Sicherheit nicht gnädig zeigen. Die künstliche Beschneiung funktioniert nämlich nur bei gewissen Temperaturlagen. Wenn es zu warm ist und regnet, fördert man eher das Wachstum des Grases, das man verdecken will.

Die größten Unbilden aber drohen, wenn die Temperaturen wieder ins Minus schießen. Dann wird es wieder heftig schneien und die glattrasierten Berghänge können die Lawinen nicht mehr halten.

So oder so, der Wintersport wird sich immer mehr zu dem entwickeln, was er schon einmal war: ein teures Vergnügen.

Wer es billiger will, muss Geduld haben. Irgendwann werden auch die Mittelgebirge wieder zuschneien – recht bald. Ich habe da so ein Wintergefühl …

Zelle

So hin und wieder trifft man sie noch an, doch die Überraschung ist immer wieder groß, dass es sie noch gibt: die Telefonzelle. Wie ein Dinosaurier aus unbeholfenen Kommunikationszeiten mutet der Glaskasten mit dem Riesentelefon an.

Für Jugendliche ist kaum mehr vorstellbar, mit welchen Schwierigkeiten der Anruf bei den Liebsten vor gar nicht allzu langer Zeit verbunden war.

Ich erinnere mich noch an einen stürmischen und verregneten Novemberabend Anfang der neunziger Jahre. In einem Anfall von Verliebtheit überkam mich das Bedürfnis, meine Angebetete anrufen zu wollen. Dafür musste ich mich zunächst fast einen Kilometer durch Sturm und Regen bis zur nächsten Telefonzelle kämpfen.

Dort angekommen, stellte ich fest, dass mir das nötige Kleingeld fehlte. Dabei hatte mir meine Mutter schon als Kind nahegelegt, immer zwanzig Pfennig in der Tasche zu haben – »falls mal was ist«. Nun war was und ich hatte nur ein Zweimarkstück. Das musste erstmal klein gemacht werden. Bei dem Wetter kam natürlich niemand vorbei, mit dem ich den Wechsel hätte probieren können. Also begab ich mich auf die Suche nach einem Kiosk. Die waren damals eine beliebte Wechseleinrichtung – wenn auch meist widerwillig. Zunächst musste man sich einen Vortrag darüber anhören, dass dies keine Wechselstube, sondern eine Einrichtung zum Einkaufen sei.

Gut, dann kaufte man halt etwas. Einen Salino für zehn Pfennig. Die restlichen eins neunzig ließ man sich auszahlen.

Damit war das Abenteuer aber längst nicht zu Ende. Zurück in der Zelle gab es neue Überraschungen. Der Münzschlitz war mit Kaugummi verklebt, am Hörer haftete irgendein Rotz und überhaupt stank die Zelle wie eine Bedürfnisanstalt.

Zum Glück gibt es heute Handys und telefonieren ist kinderleicht – obwohl man sich bei dem allgemeinen Gequatsche manchmal die öffentliche Intimität einer schmuddeligen Telefonzelle zurückwünscht. Und sei es nur, um sich bei Regen mit dem Handy unterzustellen …

Weit weg

Einer meiner liebsten Plätze ist der Bahnhof. Oft stehe ich vor der Anzeigetafel und sehe mir die Ziele an, zu denen die Züge abfahren. Da wünsche ich mich dann weit weg.

Nach München oder nach Köln, nach Hamburg oder Berlin. Klar, alle diese Städte haben große Flughäfen oder Seehäfen, von denen aus es noch viel weiter weg ginge. Aber als aufgeklärter Mensch ist man ja jetzt klimabewusst und setzt auf die Bahn statt auf den Flieger.

Also ist weit weg jetzt eher in der Nähe als weit weg. Ist aber auch weit genug. Mein Fernweh kann es zumindest befriedigen.

Es muss nicht immer Mallorca sein. Zumal es mittlerweile zeitweilig sogar bei uns wärmer ist als auf den Balearen.

Die fernen Fernreisen rufen in mir immer Janoschs Geschichte »Oh wie schön ist Panama« wach. Sie erinnern sich vielleicht: Tiger und Bär ziehen aus ins schöne Panama, um am Ende doch wieder zu Hause zu landen.

Man sollte wirklich nicht glauben, was es zu Hause so alles Schönes zu entdecken gibt. Vor allem, wenn man gleich ganz zu Hause bleibt. Da kann man noch mehr für die Umwelt tun.

Mein Vater und ich verreisten früher gern »mit dem Finger über die Landkarte«.

Das waren Abenteuer ohne jedes Risiko für uns und die Umwelt.

Zwischen Mittag und Abendbrot haben wir die höchsten Berge bestiegen, sind auf den wildesten Flüssen gefahren und haben die trockensten Wüsten durchquert – ohne jede Anstrengung.

Nun gut, ich muss zugeben, dass mir die Wohnzimmerausflüge irgendwann nicht mehr ausreichten. Eines Tages bin ich dann selbst an den ein oder anderen Ort gereist. Live und in Farbe waren sie dann doch wesentlich ergreifender als auf einem Blatt Papier.

Heute würde man vielleicht mit Google Earth reisen, doch auch das ist nur ein schaler Ersatz.

Leider kann man aber nicht immer weit weg reisen, da einen die Notwendigkeit des Geldverdienens für seine Sehnsucht an den Bürostuhl fesselt.

Dann kann man wenigstens davon träumen und ist ganz weit weg ...

Lotto

Dienstags vollziehe ich seit geraumer Zeit immer das gleiche Ritual: Ich gehe zum Lottoladen, um meinen Schein abzugeben.

Nun, werden Sie sagen, das ist nichts Besonderes. Millionen Glückshoffende tun das Gleiche. Wohl wahr. Doch entgegen allgemeiner Praxis verfolge ich die Ziehung der Zahlen mittwochs oder samstags nicht. Ich habe mir nicht einmal meine Zahlen gemerkt.

So wird der Gang zum Lottomann für mich immer zur Überraschung: Habe ich gewonnen oder nicht? Meistens muss mir der freundliche Herr hinter dem Tresen mitteilen, dass es auch diesmal wieder nicht geklappt hat. Und wenn ich dann doch mal was richtig hatte, bewegte sich der Gewinn im üppigen Rahmen zwischen zweifünfzig und zwölfachtzig – damit konnte ich kaum den neuen Schein finanzieren.

Was bleibt, ist der Spaß am Spiel. Vielleicht schlägt Fortuna ja doch irgendwann zu. Als mir dieser Gedanke durch den Kopf geht, wird mir auf einmal ganz mulmig. Man stelle sich vor, mit einem Schlag Multimillionär zu sein. Mal abgesehen davon, dass dies natürlich gar nicht geht, versuche ich es trotzdem. Man kann sich alles kaufen, was man sich nur wünscht: Häuser, Autos, Schmuck. Man kann reisen, wohin und vor allem so lang man will. Kein Chef und keine Stechuhr erwarten einen.

Paradiesische Zustände möchte man meinen. Neulich kam ich mit meinem erwachsenen Sohn bei einer Flasche Bier auf das Thema, und die Ansicht des Nachwuchses hat mich doch ein wenig überrascht. Er will nicht so viel Geld, weil es sein ganzes Leben durcheinander bringen würde: Die Freunde würden sich anders verhalten, die Kinder müssten die Schule wechseln, vielleicht müsste er sogar sein geliebtes Umfeld verlassen – man könnte schließlich in einem Schloss wohnen.

Mein Sohn hat sich offensichtlich in seinem Leben eingerichtet. Geld ist darin eher zweitrangig. Wichtiger sind Freundschaften oder was man so hochtrabend soziale Kontakte nennt. Und die kann man mit Geld nicht aufwiegen, geschweige denn kaufen. Geld allein macht nicht glücklich, heißt es, es beruhigt nur etwas.

Aber warum gehe ich dann jede Woche zum Lottoladen?

Nun, ich schätze die Ruhe ...

Im Traum

Vor einer Woche haben wir die Stunde zurückerhalten, die wir an die Sommerzeit abgeben mussten. Was aber tut man damit? Ich für mein Teil genieße den Morgen und dehne die Zeit zwischen Traum und Tag noch etwas aus.

Unter der wärmenden Decke sinke ich noch einmal zurück in die dämmernden Bilder der Unwirklichkeit, tauche langsam auf und dämmere wieder zurück. So geht das eine ganze Weile. Der Traum nimmt mich in Gewahrsam, und ich will ihn nicht loslassen. Seltsame Dinge geschehen da. Man kann schnell von einem Ort zum anderen fliegen oder steht und fliegt zugleich. Grenzen verschwimmen in dieser Grenzzeit, Gegensätzliches geschieht gleichzeitig.

Eigenartig auch das Personal, das die Traumbühne bevölkert. Flüchtige Begegnungen werden zu Hauptpersonen, gute Bekannte sind Statisten am Rande. Orte entstehen und verwehen, die man irgendwann schon einmal gesehen hat – aber irgendwie auch ganz anders.

Wer führt in dem Traumtheater Regie? Und warum kann ich da nicht wirklich eingreifen? Jeder Versuch, dem Traum bewusst zu lenken, endet unweigerlich im Erwachen.

Dennoch bleiben in der erwachenden Dämmerung Fetzen einer Traumerinnerung im Bewusstsein hängen: eine Begebenheit, ein Gesicht oder eine Idee – wie die zu dieser Glosse.

Doch je länger man in diesem Dämmerzustand verweilt, desto blasser werden die Bilder, verschwommener die Gesichter, bis sie ganz aufhören, vor dem inneren Auge zu sein.

Bevor auch noch der Wecker mit schriller Macht die letzen Traumspuren zertrümmert, greife ich manchmal zu Zettel und Stift, um mir verbliebene Eindrücke zu notieren. Einmal war es ein Name, den ich vielleicht einmal gehört hatte, der mir aber nicht bewusst war. Am Nachmittag dann ging ich durch ein Kaufhaus und es geschah das Seltsame: Die Lautsprecherstimme rief genau diesen Namen aus. Kann ich nun hellsehen? Ich glaube eher nicht, denn vorgeträumte Lottozahlen haben noch nie gestimmt …

Geister

Es ist etwas Wunderbares, im Herbst durch den Wald zu wandern. Die Luft erfrischt Körper und Seele, frei geht der Atem. Langsam schweben von den Bäumen die braungefärbten Blätter. Der Duft von Pilzen weht durch das Unterholz.

Überall stecken sie ihre Köpfe und Schirme aus dem Boden. Im leichten Nebel erscheinen sie wirklich wie das Männlein im Walde, ganz still und stumm, mit einem Mantel von Purpur um.

Das Kinderlied geht mir wohl deshalb durch den Sinn, weil meine Enkelin neben mir ganz entdeckungsfreudig über den Waldweg springt.

Zu viel Übermut tut bekanntlich selten gut und prompt fädelt sie mit dem Fuß in eine der zahlreichen sich über den Waldboden schlängelnden Wurzeln ein. Sie kann den Sturz noch abfangen und so ist nicht viel passiert. Ein paar Tränen kullern, das ist aber gleich wieder gut.

Während die Kleine sich aufrappelt, fällt mein Blick auf die Wurzel, über die sie gestolpert ist. Sieht man genauer hin, kann man ein Gesicht im Holz erkennen. Darunter kreuzen sich zwei Beinchen wie zum Tanz. »Sieh mal«, sagte ich zu meiner Enkelin, »ein Waldgeist hat Dir ein Bein gestellt.«

Meine Enkelin sah mich erstaunt an: »Aber Opa, es gibt doch keine Waldgeister, das weiß doch jedes Kind.« Das hat gesessen.

Da war ich mit Grimms Märchen, mit Geistern, Feen und Rumpelstilzchen aufgewachsen und jetzt sagt mir die Kleine, das gäbe es gar nicht. Gut, ich hatte schon länger meine begründeten Zweifel ob ihrer Existenz.

Aber die aufgeklärte Selbstgewissheit meines Nachwuchses hat mich dann doch überrascht: »Es gibt keine Waldgeister.« Na meine Liebe, wenn Du Dich da mal nicht irrst. Klar kann man den Wald in Festmeter Holz und andere verwertbare Biomasse einteilen. Aber wenn man genauer hinsieht, in den Nebel, durchs Geäst, den taumelnden Blättern folgt, dann verzaubert sich der Wald ganz von selbst. Versuch es doch mal ...

Umschalten

Nur noch wenige Tage sind es bis zum neuen Jahr. Nichts Besonderes kann man sagen, das passiert immer nach 365 Tagen. Dennoch gerät fast die ganze Welt aus dem Häuschen, feiert eine Nacht lang ausgelassen Partys und schickt Milliarden von Böllern in den Himmel. Fast scheint es so, als wolle man dem bereits verwundeten Klima den Gnadenschuss geben.

Ganz so schlimm wird es dann doch nicht sein, aber die Sekunden vor Zwölf werden für das Klima immer weniger. Und da machen Konferenzen wie die auf Bali mit eher halbherzigen Ergebnissen doch eher Angst als Hoffnung.

Dabei bietet so ein Jahreswechsel eigentlich Anlass zur Veränderung. Neben der Feier und dem Geböller gehört zur Neujahrsnacht nach alter Tradition der gute Vorsatz. Gewöhnlich nimmt man sich vor, mit dem Rauchen aufzuhören oder ein anderes Laster abzustellen. Nun, ich weiß, die meisten guten Vorsätze sind nach ein paar Tagen nur noch Schnee von gestern, und so mancher Raucher verqaulmt auch weiterhin die Umwelt.

Der menschlichen Schwäche des schnellen Vergessens zum Trotz könnte man das neue Jahr jedoch zum Anlass nehmen, etwas für das Klima zu tun. Warum nicht mal das Auto stehen lassen, Strom aus erneuerbaren Energiequellen beziehen oder Projekte zur Wiederaufforstung unterstützen? Möglichkeiten gäbe es genug.

Schalten wir um. Dafür kommt das nächste Jahr gerade recht. Es ist nämlich ein Schaltjahr mit 366 Tagen. All jene, die am 29. Februar Geburtstag haben, können mal wieder feiern. Schon als Kind fand ich das eine interessante Vorstellung: einmal 80 Jahre alt werden und erst den 20. Geburtstag zu begehen. Nun gut, man ist immer so alt wie man sich fühlt, und die Biologie macht vor dem Kalender nicht Halt.

Stehen wir zum Alter und machen das Beste draus, aufhalten kann man es nicht – im Gegensatz zur Klimakatastrophe. Da ist vielleicht noch was möglich.

Prosit Neujahr ...

Gewitterparty

Das Skandal-Gewitter des Publikums war gewaltig, als der österreichische Komponist Alban Berg 1913 seine »Fünf Orchesterlieder nach Ansichtskartentexten von Peter Altenberg« zum ersten Mal erklingen ließ.

Nun, wenn man die Texte genauer liest, wirkt einer auch heute noch zumindest uncharmant: »Sahst du nach dem Gewitterregen den Wald? Alles rastet, blinkt und ist schöner als zuvor. Siehe, Fraue, auch du brauchst Gewitterregen!«

Das muss schon eine ziemliche Schreckschraube gewesen sein, der der Dichter da ein reinigendes Gewitter an den Hals wünschte. Aber so war das früher: Nach der Schwüle kam das Gewitter und anschließend war alles gut – zumindest in der rückschauenden Verklärung.

Heute ist alles anders. Wenn der Wetterfrosch ein Gewitter ankündigt, legt er sofort eine Unwetterwarnung nach: Hagel, Starkregen, Sturm und womöglich sogar Tornados fegen über das Land und hinterlassen eine Schneise der Verwüstung – nichts da von »reinigendem Gewitter«. So sind die Unwetter heute. Man sollte sie abschaffen.

Dabei waren die Gewitter früher nicht anders. Ich erinnere mich gut, dass nach dem ersten Donnergrollen unsere Nachbarin, eine ältere Dame, auf dem gepackten Koffer im Hausflur saß – man kann ja nie wissen. Einmal trieb ein heftiges Gewitter uns alle sogar aus den Wohnungen und es entstand eine spontane »Gewitterparty«.

Nur damals wie heute gilt: Es gibt keine »ungerechtere« Wettererscheinung wie ein Gewitter. Während um einen herum die Welt unterzugehen droht, sitzen ein paar Kilometer weiter die Menschen noch gemütlich bei der Grillwurst.

Ich für meinen Teil würde dabei etwas unruhig werden, denn ich pflege beim ersten Anzeichen eines Gewitters die Beine in die Hand zu nehmen. So auch kürzlich bei der Documenta. Nach Betrachtung eines Kunstwerkes von Ai Weiwei aus China – ein Turm aus antiken Möbeln – begab ich mich schleunigst auf den Heimweg. Am nächsten Morgen erfuhr ich, dass das Kunstwerk im Unwetter eingestürzt ist. Der Künstler nahm es gelassen und meinte, das Kunstwerk sei schöner als zuvor. Es gibt wohl doch noch die große Reinigung ...

Werbung bitte!

Wir müssen draußen bleiben: Diesen Hinweis findet man an jeder Fleischerei und Bäckerei, um Waldi und Fifi von der Wurst und anderen Leckereien fernzuhalten. Das ist ganz sicher sehr sinnvoll, nicht zuletzt aus hygienischen Gründen.

Ein ähnlich hygienisches Schild fand ich nun an meinem Briefkasten vor. Die Briefkastenanlage wurde ausgetauscht und neben meinem Namen war da nun zu lesen: »Keine Werbung bitte«.

Nun weiß ich Fürsorge im Allgemeinen zu schätzen, nur hier ging sie mir ein bisschen zu weit. Wenn die Verantwortlichen der Hausverwaltung die tägliche Flut an Prospekten nicht schätzen, so ist das ihr Bier. Mir ist es recht.

Ich werde gern informiert. Wenn mich der Hunger packt, will ich wissen, wie ich den nächsten Pizzaservice erreichen kann oder in welchem Supermarkt die günstigste Pizza zu haben ist.

Werbung, so will ich mal behaupten, ist ein Überlebensmittel. Klar, werden die meisten abwinken, der Mann arbeitet ja auch bei einem Anzeigenblatt und muss die Werbung schon von Berufs wegen verteidigen, sonst gibt es Ärger mit dem Chef.

Das aber wäre längst nicht so arg wie der Ärger, den ich als »Werbeverweigerer« der Wirtschaft bereiten würde. Wer nichts von den Produkten weiß, kann sie auch nicht kaufen. Doch vom Kaufen lebt die Wirtschaft. Was hilft es, Pizza herzustellen, wenn sie niemand kauft? Und wie sollte man sie kaufen, wenn man nicht weiß wo? So schließt sich der Kreis – mit der Werbung. Werbung schafft Umsatz, und Umsatz schafft Arbeitsplätze, und das ist wohl das, was wir am dringendsten brauchen.

Deshalb habe ich mit dem Schild »Keine Werbung bitte« ein ganz schlechtes Gewissen.

Nun bin ich mit gutem Beispiel vorangegangen und habe das Schild von meinem Briefkasten entfernt. Das heißt nicht ganz. Ich habe nur das »Keine« durchgestrichen. Jetzt steht an meinem Briefkasten: »Werbung bitte« ...

Heizend

Ungewohnte Temperaturen begleiteten uns die vergangenen Tage, seit langer Zeit war es schon nicht mehr so kalt. Und was Schnee ist, hatte man auch schon fast vergessen.

Nun sind bereits die ersten Flocken gefallen und vielleicht gibt es mit etwas Glück eine weiße Weihnacht, das wäre sehr schön, weil lange nicht gehabt. Die etwas unangenehmere Begleiterscheinung der Kühlschranktemperaturen ist, dass man sich dick und fest einkleiden muss, um sich nicht zu verkühlen.

So auch ich. Morgens hülle ich mich in eine wärmende Jacke, streife mir Handschuhe über und obendrauf, damit die Körperwärme nicht entweichen kann, sitzt noch eine Mütze.

Da kann mich der Frost nicht beißen, ich bin den Umständen entsprechend bestens gewappnet – zumindest auf dem Weg zur Straßenbahn. Was dort allerdings folgt, bringt nicht nur mich im wahrsten Sinn des Wortes zum Kochen. Unter einigen der unbequemen Plastiksitze ist ein Heizlüfter angebracht. Das ist wirklich gut gemeint von der Straßenbahngesellschaft, die ihre Kunden nicht in der Kälte stehen lässt.

Nur blasen die Dinger dermaßen heftig und heiß unter Mäntel und Jacken, dass, wer genau davor steht, sich wie in einer Sauna fühlt. Wer kann entledigt sich denn auch der dicksten Kleidung oder verlässt so schnell wie möglich das überheizte Gefährt.

Mal abgesehen von den unmittelbaren Unannehmlichkeiten kann der Heizkessel in der Bahn auch noch schlimmere Folgen zeitigen. Mediziner weisen immer wieder darauf hin, dass Viren sich in wärmegeschwängerter Luft ganz besonders wohl fühlen.

Unter der Masse Mensch, die sich in der Straßenbahn befindet, ist mit Sicherheit mindestens einer, der einen Krankheitserreger mit sich herumschleppt.

Gerade als mir dieser Gedanke durch den Kopf geht, niest jemand mit einer heftigen Fontäne neben mir. Ich wünsche »Gesundheit« ...

Kleiner Vogel

Zwischen den Blumen auf dem Balkon fand ich einen kleinen toten Vogel. Sein Gefieder war schon ganz ausgefranst, seine Augen leer. Er hatte wohl schon ein paar Stunden dort gelegen.

Alles Leben ist vergänglich, dachte ich bei mir. Auch das des kleinen Vogels. Doch viel zu früh. Was hatte der kleine Sänger von seinem Vogelleben? Hat er je gesungen? Ist er je geflogen in die unendliche Bläue des Himmels?

Hat er die Leichtigkeit der Luft unter seinen Schwingen gespürt? So schmal und schmächtig liegt er da vor mir, dass er wohl nie in seinem kurzen Leben vom Boden abhob.

Doch was hättest Du noch alles vorgehabt? Zaghaft hättest Du Deine Flügel erhoben, hättest sie geschlagen, langsam erst und vorsichtig, dann schnell und immer schneller, Du wärst davongeflogen, in hohem Bogen in die Luft. Dann wärst Du abgestürzt, ganz plump, weil Dir die Eleganz fehlt, mit denen sich Deine Eltern fortbewegen, weil Du zu schnell und ungestüm mit den Flügeln schlägst. Auch Du hättest die Ungeduld der Jugend erfahren. Aber dann, ganz plötzlich und ohne dass Du es wirklich gespürt hättest, gehört der Himmel Dir, seine ganze unendliche Freiheit. Du hättest fliegen können, wohin es Dich treibt, über Wiesen und Wälder. Du hättest Dich niedergelassen auf einem laubvollen Baum oder einem wohlriechenden Strauch. Du hättest das Singen gelernt.

Mit den süßesten Melodien hättest Du am Morgen die Schläfer geweckt, am Abend den Liebenden gesungen. Und ganz sicher hätte auch Deine Liebste auf Deinen Gesang gehört. Ihr hättet ein Nest gebaut und Kinder gezeugt, die dann irgendwann in die Lüfte entschwebt wären.

Manchmal aber wäre Dir auch kalt geworden, Du hättest Hunger gehabt im Winter, wenn das Futter unter dem Schnee verborgen ist. Ihr Vögel aber habt die Freiheit. Ihr wäret aufgebrochen nach Süden, wo die Sonne Euch wärmte.

Nun aber liegst Du vor mir. Niemand wird im Schatten Deines Fluges träumen. Niemand von Deinem Gesang geweckt. Machs gut kleiner Vogel. Ich weiß nicht, ob Du eine Seele hast, aber wenn, dann ist sie jetzt sicher davongeflogen ...

Riegeln

Der Sonntag begann viel versprechend. Die Sonne schien aus allen Knopflöchern, es war weder zu warm noch zu kühl. Ideales Wanderwetter. Also zogen wir los ins Blaue oder besser Grüne der sanften Hügellandschaft von North Yorkshire.

Das liegt, wer es nicht wissen sollte, in England und ist für den weiteren Verlauf dieser Geschichte von nicht unwesentlicher Bedeutung. Vorderhand, weil das Wetter auf der Insel bekanntermaßen sehr unbeständig ist. Das bekamen wir sehr schnell zu spüren. Der blaue Himmel zog sich zu, es wurde kühl und auf uns wohlgemute Wanderer prasselte der Regen nieder.

Ade Wohlgemut. Nach einiger Zeit erreichten wir völlig durchnässt und ausgehungert einen kleinen Ort. Wir suchten natürlich sofort ein Gasthaus, um uns aufzuwärmen und zu stärken, doch leider vergebens.

Das Einzige, was wir fanden, war ein großer Supermarkt. Was uns als deutsche Staatsbürger nicht in Entzücken versetzte, denn wir dachten sofort daran: Heute ist Sonntag, da ist, Gott sei Dank, alles geschlossen. Doch weit gefehlt. In England ist, Gott sei Dank, immer geöffnet. Und so kamen wir zu ein paar Sandwichs und einigen Dosen Bier.

In Deutschland hätten wir weiter Hunger schieben müssen. Denn hier wird alles verriegelt und verregelt. Sei es bei den Geschäften oder im Straßenverkehr. Alle 20 Meter steht eine Ampel, damit der Verkehr erst gar nicht in Gang kommt.

Muss das sein? Diese Frage stellte sich auch die ansonsten so regelwütige EU und schob ein Modellprojekt an, das deutschen Bürokraten ebenso wie dem regelgewohnten deutschen Normalbürger hektische Flecken ins Gesicht treiben dürfte: In den Städten soll es keine Verkehrsschilder mehr geben.

»Seid nett zueinander« heißt die Devise, die schon Heinz Erhardt einst predigte. Man darf allerdings skeptisch bleiben, ob das, was 1959 nicht klappte, heute besser läuft ...

Im Dschungel

Nach getaner Tagesmüh legt man sich am Abend gern auf das heimische Sofa, greift zur Fernbedienung und zappt sich durch die Fernsehprogramme. Ich habe 32 im Angebot, genug, um irgendetwas nach seinem Geschmack zu finden, an dem man hängenbleibt.

Bis man aber dahin gerät, irrt man durch so manche Gründe und Abgründe des deutschen TV-Dschungels. Da trifft man auf mittelalte Damen, die mit gequältem Lächeln weibliche Bekleidungsstücke anpreisen, die jene Fettpölsterchen kaschieren sollen, die man sich beim Ansehen solcher Programme im heimischen Sessel ansitzt.

Oder eine vollbusige Blondine, die verspricht, auch noch die letzten Fetzen ihrer spärlichen Oberbekleidung fallen zu lassen, wenn man ihr eine Automarke per Telefon ins Ohr säuselt.

Das alles lässt einen doch ziemlich ratlos auf dem Kanapee zurück. Den Höhepunkt der Befremdlichkeit aber erlebte ich vergangene Woche. Da blieb ich ein paar Minuten beim Sender RTL hängen. »Ich bin ein Star, holt mich hier raus« wurde da gegeben, wie ich der Fernsehzeitschrift entnehmen konnte, derer ich mich zur Orientierung bediene.

Zunächst konnte ich mit dem Titel wenig anfangen, das besserte sich erst, nachdem ich die seltsame Szenerie ein paar Minuten beobachtete. Ein paar B-Promis, die ich seit langem nirgendwo mehr gesehen hatte, machen sich da im wahrsten Wortsinne zum Affen – um ein Star zu werden oder zumindest eine gewisse Bekanntheit zu erreichen.

Das scheint offenbar eine weit verbreitete Seuche zu sein. Ob »Deutschland sucht den Superstar« oder »Big Brother« – überall finden sich im TV Menschen, die nicht nur fast, sondern wirklich jede Dämlichkeit begehen, um bekannt zu werden und daraus Kapital zu schlagen. Dabei verdienen hauptsächlich die TV-Sender dran, weil es dem Publikum gefällt. Auch ich fand den Exhibitionismus im TV-Dschungel letztlich unterhaltsam und räkelte mich wohlig angeekelt auf meinem gemütlichen Sofa ...

Verlierer

Wie sehen Sieger aus? Den Pokal hoch in den Himmel gereckt, Jubelschreie ausstoßend und Gott und der Welt dankend?

Seit ein paar Tagen wissen wir es besser: Sieger sitzen in Pressekonferenzen und stammeln unter Tränen, dass sie das alles eigentlich nicht gewollt haben.

Doch, sie haben es gewollt. Sie wollten siegen – mit allen Mitteln. Jetzt ist es heraus, und die Empörung ist groß. Jeder Gerufene noch Ungerufene hebt den moralischen Zeigefinger und deutet auf die Doping-Sünder: »Pfui«.

Ja, sich aufgeputscht in den Wettkampf zu stürzen, ist unfair und ungesund. Aber statt sich nur darüber zu empören, dass die Sportler es gemacht haben, sollte man vielleicht auch einmal fragen, warum sie es gemacht haben.

»Dabei sein ist alles« heißt das olympische Motto. Doch hat das wirklich je gegolten? Soll doch mal einer freundlichst an das IOC schreiben mit der Bitte, einfach nur dabei sein zu wollen. Der Brief wird umgehend im Papierkorb landen. Wer dabei sein will, muss siegen wollen. Wer dabei ist, muss gesiegt haben. Wer nicht siegen will, braucht nicht zum Wettkampf antreten. So viel zur Seite des Sportlers, der in die Arena geht.

Doch zum Sport gehört seit jeher auch die andere Seite derer, die um die Arena herumsitzen: wir, die Zuschauer. Wir lieben Sieger, verehren sie als Helden.

»The winner takes it all« – gewinnen ist alles und wer auf den Richtigen gesetzt hat, darf sich im Glanz des Siegers sonnen.

Und die anderen, die Verlierer? Ganz so schlimm wie in antiken Zeiten, als man dem Löwen zum Fraß vorgeworfen wurde, ist es heute nicht mehr. Heute ist der Verlierer uns, den Zuschauern, ausgesetzt. Uns, die wir um den Erfolg betrogen wurden, muss der Verlierer erklären, warum er versagt hat.

Es ist nicht schön zu verlieren und schwer zu ertragen. Deshalb will verlieren gelernt sein. Hat es nicht wirklich Größe, ein paar Schritte unter dem Gipfel aufzugeben, weil man sich eingesteht, dass man es nicht schafft ...

Überläufer

Schon seit längerem halte ich mich für eine gewichtige Persönlichkeit. Dass es allerdings so heftig ist, hätte ich nun auch wieder nicht gedacht.

Irgendeine Eingebung – oder war es meine Enkelin, die sagte: »Opa, du bist ganz schön dick«? –, ein Anschubs auf jeden Fall, brachte mich dazu, mich nach langer Zeit einmal wieder auf die Waage zu stellen. Was ich dort sah, verschweige ich lieber, würde es doch den Rahmen dieser kleinen Glosse sprengen. Seitdem versuche ich ganz leise aufzutreten, um nicht wie in der Werbung durch die Decke zu brechen.

So kann es nicht weitergehen, war mein erster Gedanke – dem natürlich sofort die Frage jeder revolutionären Ungeduld folgte: Was tun?

Zunächst beschuldigte ich die Waage. Irgendwas stimmt mit dem Ding nicht. Ich untersuchte es hinten und vorne, fand aber nichts. Und nachdem meine Frau mir versicherte, dass die Waage völlig in Ordnung ist, musste ich den Gedanken verwerfen. Nun ist so eine Waage aber auch nur ein technisches Instrument, das den menschlichen Eingebungen folgt. Meine Eingebung war folgende: Ich drehe die Gewichtsanzeige einfach zehn Kilo zurück... Na gut, das ist nicht die feine englische Art und was viel schlimmer ist: Selbstbetrug. Ich muss mich meinen Pfunden stellen, nur so kann ich sie bekämpfen – in offener Feldsalatschlacht. Um mich für den Kampf zu rüsten, habe ich mich im Internet etwas schlau gemacht. Den Körperumfang misst man jetzt in BMI, was wohl so viel heißt wie »Bin Mächtig Indiebreitegegangen«. Mein BMI ist schon jenseits dessen, was einem Menschen Kontur verschafft. Lang sind sie dahin die Zeiten, da ich die Damenwelt mit meinem Waschbrettbauch beeindruckte. Heute schmunzelt die Jugend mitleidig über meinen Waschbärbauch. Aber die Erinnerung an die alten Zeiten ließ mich ganz hinten im Kleiderschrank forschen – und siehe da, meine alten Laufschuhe sind noch vorhanden. Und vor allem, was ich nicht zu hoffen wagte, sie passen auch noch. Dann kann er nun losgehen, mein langer Lauf zu mir selbst. Und ich hoffe, dass ich kleiner dicker Käfer es meinem automobilen Vorbild nachmachen kann: Er läuft und läuft und läuft...

Blätter fallen

Bunt sind schon die Wälder – heißt es in einem bekannten Lied aus dem 18. Jahrhundert. Für viele wohl der einzige Trost angesichts der immer rascher dunkel werdenden Tage.

In Neuengland nennt man den farbigen Naturzauber »Indian Summer«, das klingt zumindest nicht ganz so sperrig wie unser »Altweibersommer«.

Angesichts der roten, gelben und braunen Farbenpracht der Bäume prallt aber jeder Name an der Herbstschönheit ab. Man muss es einfach genießen.

Nun leben wir aber nicht mehr im 18. Jahrhundert, und so manche poetische Seele, die sich an den leise herabtaumelnden Blättern erfreut, wird alsbald in unsere nüchterne Gegenwart zurückgeholt. Solch Laub wird störend oft empfunden, weil es mit Gefahr verbunden, könnte man in leichter Abwandlung von Wilhelm Busch sagen.

Nasses Laub auf Straßen und Wegen ist fast so tückisch wie blankes Eis. Jeder Fehltritt wird mit einer Rutschpartie bestraft. Die unsanfte Landung auf dem Hosenboden ist noch das Geringste, das passieren kann. Knochenbrüche und Bänderrisse sind da schon wesentlich schmerzhafter.

Und wo nicht gerade die Gewerkschaft den Zugverkehr lahmlegt, schaffen es oft auch ein paar gefallene Blätter auf den Schienen.

Das Zeug muss also weg. Seit Tagen laufen Trupps auf Bereinigungstour durch die Wälder – mit einem Höllenlärm.

Zu ihrer Ausstattung gehört seit einiger Zeit ein »Laubbläser«, und der ist mit mehr als hundert Dezibel fast so laut wie eine Techno-Disco. Da vergeht einem jede poetische Herbststimmung.

Dabei bergen die Blätter nicht nur Gefahren, sondern sind manchmal sogar die letzte Rettung. Ich habe es selbst erlebt, als ich eines nebligen Abends mit dem Fahrrad nach Hause fuhr.

Dummerweise übersah ich eine Parkbank, stieg im hohen Bogen über den Sattel ab und landete sanft in einem Blätterhaufen. Laub sei Dank …

Augenblick

Langsam, aber sicher leeren sich die Büroräume. Wer kleine Kinder hat und es sich leisten kann, ist auf großer Fahrt. Sie haben es sich verdient.

Sommer in der Stadt: Für uns Journalisten heißt das auch schwitzen, wenn die Sonne mal nicht so heiß brennt. Denn schnell fällt man ins Sommerloch. Wo nimmt man die Geschichten her, wenn keine passieren?

Nun, ganz so dramatisch ist es sicher nicht. Trotz Sommerpause in der Politik und Theaterferien findet doch immer noch genug statt für die Hiergebliebenen. Und mir persönlich gefällt die halbvolle Stadt gar nicht so schlecht. In der Straßenbahn erhält man einen Sitzplatz, an der Kasse des Supermarktes ist man sofort dran, und die Tiere im Zoo lassen sich in aller Ruhe beobachten. Am schönsten aber ist der frühe Morgen. Morgens um sieben sei die Welt noch in Ordnung, heißt es. In der Ferienzeit trifft das wirklich zu. Sofern es nicht junge Hunde vom Himmel regnet, setze ich mich in den Liegestuhl auf dem Balkon, schlürfe eine Tasse Tee und genieße die ersten Sonnenstrahlen. Während üblicherweise der Lärm des beginnenden Berufsverkehrs sich im Hintergrund ausbreitet, muss man jetzt zur Ferienzeit schon genauer hinhören, um sicher zu sein, dass man nicht am Sonntagmorgen auf dem Balkon hockt.

Statt Autolärm dringt nur fröhliches Vogelgezwitscher an mein Ohr. Die Sonne, die es grad über die Dächer der Häuser schafft, wärmt meine Haut. In solchen Augenblicken steht die Zeit seltsam still. Es ist, als hätte man die Zeit angehalten und den Zeitraum verlassen. Was ist das überhaupt, ein Augenblick? Wo ist er zu finden? In der vergehenden Zeit hat er keinen Platz. Alles ist entweder vergangen oder zukünftig. Nichts aber unmittelbar gegenwärtig wie der Augenblick. Und doch gibt es ihn. In solchen Momenten wie an meinem frühen Morgen oder auch, als man seine große Liebe das erste Mal sah. Ein Augenblick kann ein ganzes Leben ändern. Für die alten Griechen war er gar ein Gott. »Kairos« nannten sie ihn. Er ist der jüngste Sohn des Zeus und, wie es sich für die Jugend gehört, sehr flatterhaft. An seinen Füßen tragen ihn Flügel, seltsamer aber ist seine Frisur. Ein kahler Schädel, an dem nur an der Stirn ein langer Lockenschopf prangt. Wer Kairos, den Augenblick und günstige Gelegenheit, festhalten will, muss ihn nur am Schopfe packen ...

Kleider

Die Situation war schon einigermaßen skurril: Ich saß in der Straßenbahn, sommerlich gekleidet mit einem kurzärmeligen Hemd und die Sonnenbrille auf der Nase. Mir gegenüber eine junge Frau, gehüllt in eine dicke schwarze Jacke, einen Schal fest um den Hals gewunden. Einer von uns beiden hatte sich offenbar in seinem Outfit geirrt. Doch weit gefehlt. Irgendwie hatten wir beide Recht und sind eigentlich nur das Spiegelbild dieses Sommers, der eher ein etwas wärmerer April ist. Sonne und Wolken, Hitze und Kühle liegen seit Wochen ganz nah beieinander. So auch an jenem bewussten Morgen. Tatsächlich war es so frisch, dass man gut eine Jacke gebrauchen konnte. Ich für mein Teil aber hatte beschlossen, dass jetzt Sommer ist. Schluss aus, ich will schönes Wetter. Mein eigenwilliges Verhalten hatte ich sogar ganz offiziell gelernt. Bei der Bundeswehr ist es üblich, dass der Sommer befohlen wird – ja, ganz richtig, der Generalstab bestimmt die Jahreszeit. Nun reicht die Macht der Militärs zum Glück noch nicht so weit, dass sie das Wetter beeinflussen könnten. Der befohlene Sommer beschränkt sich deshalb auf die Kleiderordnung. Zum häufigen Leidwesen der Wehrpflichtigen. Ich kann mich noch erinnern, an einem sehr kühlen Septembermorgen um sieben Uhr in kurzen Ärmeln auf dem Kasernenhof gestanden zu haben. Nach ein paar Minuten sah die Truppe aus wie eine Schar Gänse – zumindest hatten alle die entsprechende Haut übergestreift.

So viel zum Versuch, das Wetter der Kleidung anzupassen. Viel versprechender scheint mir die umgekehrte Methode zu sein. Wie hieß gleich der alte schottische Spruch? – »Es gibt kein schlechtes Wetter, nur die falsche Kleidung.« Kleider machen eben Leute und Liebe, wie der Musiker Heinz Rudolf Kunze derzeit im Großen Garten behauptet. Unrecht hat er damit nicht. Selten genug wird sich eine elegante Dame in einen unrasierten Parkaträger vergucken. Ich weiß sogar noch, was meine jetzige Angetraute bei unserer ersten Begegnung trug: ein rotes Kleid. Das scheint mir – neben dem zauberhaften Inhalt natürlich – gut gefallen zu haben. Mittlerweile hat sie zwar meist die Hosen an, aber diese Wandlung ist ganz in Ordnung. Im Gegensatz zu der eines Professors, bei dem ich mal studierte. Zu Beginn seiner Karriere trug er Latzhose und Gesundheitslatschen. Nach ein paar Monaten auf dem gut dotierten Posten trug er Maßanzüge. Ich nannte solche Gewandungen »Gesinnungstextilien«. Wie schnell die sich doch wechseln lassen ...

La Mer – La Muh

Endlich am Meer. Auf einer kleinen Insel, ein paar Häuser nur, wenige Gaststätten, ein kleiner Laden. Sonst nichts, nur Ruhe. Und das leise Schwappen des Meeres.

Ich lasse die Beine von einem kleinen Steg baumeln, auf den ich mich gesetzt habe. Über mir ballen sich große Wolkenfäuste, der Himmel zieht sich zu einer grauen Decke zusammen. Hin und wieder blinkt mit langen silbernen Strahlen die Sonne hindurch.

Manche würden solch eine Stimmung kitschig nennen. Ich finde sie einfach nur schön. So schön wie die Vögel, die jetzt in einem großen Schwarm auffliegen. Gänse sind es wohl, denn sie finden zu einer eleganten Formation, schlagen ein paar Haken in der Luft und verschwinden schließlich am Horizont. Im Schatten des Vogelzuges träume ich mich einen Moment mit ihnen, unterwegs nach Süden in die Sonne. Doch nein, fliegt allein. Mein Süden liegt hier am Nordmeer.

Morgens zum Brötchenholen muss ich zwei Kilometer mit dem Rad zum kleinen Inselladen fahren. Da bläst mir der Wind mal ins Gesicht, mal schiebt er mich an. Auf dem Wege begegne ich einer Herde Kühe. Ein lautes freundliches »Muh« rufe ich ihnen rüber und einige antworten mit gleichem Laut.

Im Laden treffe ich auf ein paar Urlauber. Sie kaufen Brötchen und eine Zeitung. Einmal blieb das Versorgungsschiff im Nebel stecken und konnte nicht auslaufen. Da strichen einige Männer ganz unruhig um den Laden. Ich dachte, sie hätten Hunger, da es an Brötchen mangele. Doch Brötchen waren im Laden zu haben.

Es fehlte die Zeitung. Die Urlauber waren süchtig nach Nachrichten, wie anders war sonst ihre Unruhe zu deuten. Wer jeden Tag mit Informationen gefüttert wird, kann irgendwann nicht mehr von ihnen lassen. Als Journalist sollte mich so ein Verhalten eigentlich freuen, schließlich bin ich ihr »Dealer«.

Aber manchmal finde ich es ganz angenehm, wenn die Welt weit weg ist …

Guten Rutsch

So ist es Brauch: Die Menschen liegen sich in den Armen, stoßen mit einem Glas Sekt an und wünschen sich ein frohes neues Jahr. Auf den Straßen werden die Böller und Raketen gezündet, alles freut sich und ist sternhagelvoll. Prost Neujahr!

Irgendwie hatte ich schon immer angesichts des allgemeinen Fröhlichkeitsausbruches ein ungutes Gefühl in der Magengegend: Was soll der ganze Zinnober? Warum freut man sich, wenn der Zeiger der Uhr von einer Sekunde auf die nächste wechselt? Das könnte man doch jede Sekunde haben – und einfach ständig Silvester feiern. Nach kurzer Zeit wird sich allerdings eine Ermüdungserscheinung einschleichen, und die Leber wird auch nicht mehr mitmachen. Also reicht es, einmal im Jahr die Zeit zu vertreiben. Aber warum?

Ich sehe keinen Anlass, dem alten Jahr mit Groll und Böllern Lebewohl zu sagen. Viele Erinnerungen haben sich angesammelt, die ich nicht missen möchte. Die Fußball-WM zum Beispiel mit vielen Begegnungen zwischen fröhlichen Fans aus aller Welt. Und vieles Schöne mehr.

Klar gibt es auch Schlechtes und Schlimmes, das man doch gern vergessen möchte. Aber auch das gehört nunmal zum Leben und durch Knallen und Krakelen wird man das nicht los. Warum auch?

Es heißt immer, Weihnachten sei das Fest der Besinnung. Ich sehe das ein wenig anders. Die Sentimentalitäten stellen sich doch wirklich erst dann ein, wenn man die Zeit bewußt bei ihrem Vergehen begleitet. Nichts anderes macht man an Silvester.

Aber ist das ein Grund zur Freude? Die Zeit die hinter uns liegt, kann uns niemand nehmen. Die Zukunft ist ungewiss. Wer weiß schon, was kommt? Liebe und Erfolg vielleicht, Kriege und Katastrophen wahrscheinlich. Sicher aber das eigene Ende – irgendwann.

Aber genau diese Gewißheit und die Unsicherheit des Lebens sind ein guter Grund zu trinken – so jung kommen wir nie wieder zusammen. Prost Neujahr! …

Über die Wolken

Wieder ein »dunkelbunter« Regentag, von denen es so viele gab in diesem Sommer, der ein Herbst war. »Dunkelbunt« nannte der Künstler Hundertwasser solche Tage, nicht grau in grau.

Mein Blick fällt aus dem Fenster, und ich muss dem Meister recht geben. Das Wolkenspiel am Himmel fesselt mich. Viele Farben von Grau bis Blau vollführen dort ein faszinierendes Theater. Viele Gesichter treten auf. Masken, Tiere und Landschaften verschwinden in Windeseile.

Das ist ebenso schön wie das blaue Einerlei, das uns sonst im Sommer begleitet. Nun gut, den Kindern hat das Wetter gehörig die Ferien verregnet. Zum Arbeiten aber waren die Regentage wie geschaffen.

Man kann sich in die Wolken hineinträumen oder, wenn man die Wolken vor allzu viel Regen nicht sieht, sich ganz im Geräusch des Regens in die Arbeit vertiefen.

Zugegeben, das ist nicht jedermanns Sache. Viele möchten sich angesichts des andauernden Mistwetters in die Sonne flüchten, und viele tun es auch.

So etwa eine Kollegin von uns, die ihrer norddeutschen Schmuddelwetterheimat ganz den Rücken kehrt, um im Sonnenland Spanien ihr Glück zu suchen.

Ich wollte das nicht. Nicht, weil mich neue Herausforderungen nicht reizen würden. Es ist viel banaler: Ich mag das Wetter in unseren Breiten, mit seinen Höhen und Tiefen, seiner Wandelbarkeit.

Noch gelingt es niemand, Wetter nach Maß zu schaffen. Wolkenschieber und Regensauger werden auch weiterhin ein verschrobener Traum bleiben. Und das, so finde ich, ist gut so.

Frühling, Sommer, Herbst und Winter, Sonne, Regen, Schnee und Wind – all das ist wunderbar, weil unberechenbar.

In Schottland sagt man, es gibt kein schlechtes Wetter, es gibt nur schlechte Kleidung.

Aber nach fünf Wochen ununterbrochener Regentage kann einem schon mal der Kragen des Regenmantels platzen.

Hoffen wir auf die alten Weiber ...

Dabei sein

Dabei sein ist alles: Dies gilt heute vielleicht für das Maschseefest oder andere fröhliche Partys, nicht aber für die Olympischen Spiele – wenn es überhaupt je gegolten hat.

Dabei sein dürfen nur die Besten ihres Landes, und dass die Besten mancher exotischer Länder gerade so gut sind wie ein Durchschnittssportler hier zu Lande, macht die Sache nur ein bisschen bunter. Unsere »Besten« fühlen sich von ihnen oft nur gestört.

Schneller, höher, weiter heißt die Devise bei der Jagd nach dem Edelmetall. Wehe dem, der da nicht mithalten kann.

Undank ist noch das geringste Übel, das folgt. Schlimmer sind gekündigte Sponsorenverträge. Die geldstrotzenden Angebote streicht nur der Sieger ein.

Damit man ganz oben auf dem Treppchen steht, ist denn auch manchen alles recht. Auch diesmal wird es wieder den tiefen Fall von Athleten geben, die mit unfairen Mitteln versuchen, ihre Konkurrenten aus dem Feld zu stechen.

Dabei ist die Häme, die anschließend über den Übeltäter gegossen wird, eigentlich pure Heuchelei. Denn die Verfehlung liegt in der Sache selbst, die außer dem Sieg nichts gelten lässt. Da kann man es eigentlich niemandem verdenken, wenn er es mit dem Siegeswillen etwas übertreibt.

Austreiben kann man es den Betroffenen nur, wenn man den Sieg verschiebt. Es wäre doch ganz lustig, wenn man einmal den Letzten zum Ersten erklären würde. Aber Sport und Spaß passen nicht zusammen, schließlich geht es um viel Geld und Prestige.

Das wird man die kommenden Wochen in China zu sehen bekommen, wenn Sportler aus dem 21. Jahrhundert mit einer Idee aus dem 19. Jahrhundert das gebeutelte Land im Eiltempo in die Gegenwart holen sollen – und fast alle wollen dabei sein. Da wohnt man gerne gut bewacht von Soldaten und Raketen in der Sportler-Kaserne und läuft ohne Atemschutz durch die dicke Luft von Peking. Na gut, jeder muss wissen, was er macht. Ich ziehe den Fernsehsessel vor. Da könnte ich dabei sein – aber in Olympia-Stimmung bin ich nicht ...

Feiern

Nun ist der Fußball-Sommertraum erst einmal ausgeträumt. Alles Daumendrücken und Verkleiden hat leider doch nicht geholfen. Trotzdem gab es noch eine große Party – Platz zwei ist ja auch Grund genug dafür.

Jetzt heißt es zwei Jahre warten, bis es in Sachen Fußball wieder etwas zu feiern geben könnte. Die jubelfreudige Kanzlerin hat das Motto für 2010 schon mal vorgegeben: »Drei, Zwei, Eins«. Vor zwei Jahren wurde das Deutsche Fußballteam bei der WM im eigenen Land Dritter, dieses Jahr bei den Nachbarn in Österreich und der Schweiz Europas Zweiter. Fehlt nur noch der erste Platz bei der WM im fernen Südafrika.

Warten wir es ab. Denn das ist das Schöne beim Fußball: Man weiß vorher nie, ob es auch tatsächlich etwas zu feiern gibt. Ein einziges Törchen wie am vergangenen Sonntag kann die ganze Stimmung versauen.

Gut, dass es auch sichere Feiertage gibt. Der Geburtstag ist so einer. Er wiederholt sich jährlich, und auch wenn man ihn noch so sehr zu verschleiern versucht, es findet sich doch immer wieder jemand, der mit bester Laune und guten Wünschen daran erinnert.

Bei mir war es früher sogar ein ganzer Staat. Bis zum Ende meiner Uni-Zeit musste ich nur das Fernsehgerät anschalten und schon wurde mir eine Riesenparade mit Tringderassabumm, Helden der Arbeit und Soldaten im Stechschritt serviert. Die DDR feierte mit mir am gleichen Tage Geburtstag.

Nun bin ich ein bescheidener und demokratischer Mensch und war schon von daher ganz froh, dass der martialische Spuk vor vielen Jahren sein Ende fand.

Aber so ein bisschen Tamtam darf sein. Uns Hannoveranern wird es pünktlich am ersten Sonntag im Juli geliefert. Schon am frühen Morgen lassen sich schmissige Klänge hören, und bis zum Nachmittag zieht der lange bunte Zug der Schützen, Kapellen und Festwagen durch die Stadt. Man kommt einfach aus dem Feiern nicht heraus. Nächste Woche beginnt das Kleine Fest, im August folgt das Maschseefest. Ich glaube, ich muss mal Luft holen ...

Spaziergang

Bei mir kommt es fast täglich vor: Ich schnappe etwas auf im Radio, Fernsehen oder lese etwas in einem Buch oder einer Zeitung, und es will mir nicht mehr aus dem Kopf. Im Fall eines Liedes nennt man das Ohrwurm, für Sätze oder Bilder fällt mir kein so treffendes Wort ein.

Vielleicht sollte man es »Virus« nennen, denn ähnlich wie einen Schnupfen wird man es irgendwie nicht los – vor allem nicht, wenn man sich eingehend darum kümmert. Dann plötzlich verschwindet es wieder, so unerklärlich, wie es einen angeflogen hat.

Gegen einen Virus spricht allerdings, dass die Kulturfetzen im Kopf nicht nur negative Begleiterscheinungen zeitigen. Sicher kann ein ständiges Trallala im Kopf ganz schön lästig sein. Manchmal sind sie aber auch nützlich, wenn sie zu neuen Gedanken und vielleicht sogar Taten anspornen.

Mir ging tagelang eine Gedichtzeile von Georg Trakl nicht aus dem Kopf: »In den einsamen Stunden des Geistes, ist es schön in der Sonne zu gehen, an den gelben Mauern des Sommers hin«. Nun, das schöne Wetter wird mich wohl damit angesteckt haben. Aber statt die Poesie nur wohlig im Kopf kreisen zu lassen, nahm ich den Gedanken zum Anlass, einmal wieder spazieren zu gehen – ganz in Muße, so für mich hin.

Der Spaziergang ist eine fast vergessene Art der Fortbewegung, scheint einer anderen Zeit, ja einer anderen Welt anzugehören. Heute flanieren höchstens noch Rentner auf Promenaden in Kurorten. Alle anderen wandern, joggen oder hasten. Immer ein Ziel vor Augen: Man will den Bus oder sein Traumgewicht erreichen und endlich am Wallfahrtsort ankommen.

Wer spaziert, tut das um seiner selbst willen. »Nach nichts zu suchen, das war mein Sinn«, erklärte der Spaziergänger Goethe. Unwillkürlich findet man doch so einiges. Ich fand ein wunderschön gezeichnetes Schneckenhaus und ein paar andere unscheinbare Dinge. Das Wichtigste aber war das Gefühl, dass ich im Müßiggang zu mir selbst gefunden habe …

Gewitter

Eigentlich bin ich ein sehr vorsichtiger Mensch. Meist überlege ich gründlich, bevor ich ein Wagnis eingehe. Vor ein paar Tagen aber siegte der Leichtsinn.

Ich befand mich in den Tiroler Bergen und hatte mir eine längere Wanderung vorgenommen. Zum Frühstück lachte noch die Sonne, kein Wölkchen trübte den blauen Himmel. Also machte ich mich wohlgemut auf den Weg hinauf zu den Gipfeln. Kaum ein Mensch war unterwegs. Die Stille war fast greifbar. Das Zwitschern der Vögel und das Plätschern der Bäche war hin und wieder zu vernehmen. Meist aber nur das Pochen des Blutes in meinen Ohren.

Bis sich auf einmal die Bäume leicht bewegten und die Blätter rauschten. Ein Wind erhob sich. Auf 2.500 Metern angekommen, wuchs er sich langsam zu einem leichten Sturm aus, und erst da sah ich den Grund. In nicht allzu weiter Ferne türmten sich dunkle Wolken über den Felsen. Ein Gewitter war im Anzug. Ganz in der Nähe lag ein Bergrestaurant, von dort ging auch eine Gondelbahn ins Tal. Möglichkeiten genug also, sich vor dem drohenden Unwetter in Sicherheit zu bringen.

Doch aus mir unerklärlichen Gründen siegte die Abenteuerlust. Ich beschloss, den Weg ins Tal zu Fuß fortzusetzen. Die nächste Alm lag etwa eine Stunde entfernt. Als langjähriger Bergwanderer traute ich mir die Strecke in gut 45 Minuten zu. Doch ich hatte die Natur unterschätzt. Kurz vor der Baumgrenze ging das Donnerwetter los, in den Gipfel, auf dem ich grad noch stand, schlug der erste Blitz ein.

Mir rutschte das Herz in die Hose. Ich nahm meine Beine in die Hand und versuchte, im heftigen Regen die Bäume zu erreichen. Welch ein Leichtsinn. Denn erstens soll man im Gewitter nicht laufen, und zweitens sind Bäume der denkbar schlechteste Ort, den man aufsuchen kann. Doch was tun? Martin Luther hat in solch einer Situation beschlossen, Mönch zu werden. Noch während ich solche und weitere Optionen erwägte, war der ganze Zauber genauso plötzlich vorbei, wie er aufzog. Nun, Mönch werde ich nicht werden, aber vorsichtiger. Versprochen …

Ein Lächeln

Da ich keine schulpflichtigen Kinder zu Hause habe, bemerke ich die Ferienzeit daran, dass ich bei der Fahrt zur Arbeit in der Bahn einen Sitzplatz ergattere. Kein Lärm und Gerenne stören die morgendliche Verschlafenheit, ungestört kann man seinen Blick starr aus dem Fenster hängen.

So entgeht man unangenehmen Situationen, wie jemandem »Guten Morgen« wünschen zu müssen oder sein Gegenüber anzulächeln. Es ist schon seltsam, dass man nirgendwo so allein ist wie unter mehreren Menschen. Ob in Bus oder Bahn, Fahrstuhl oder Wartezimmer: Man schaut zu Boden, sieht aus dem Fenster, vergräbt sich in Buch oder Zeitung, kaum einer redet, und wenn doch, dann höchstens in das Handy. Bricht man mit ein paar hörbaren Worten die Stille, wird man strafend angeblickt.

Aber wovor hat man eigentlich Angst? Dass die nette Dame, die man anlächelt, zurücklächelt? Dies wird sie in den meisten Fällen auch tun – und die, die sich abwenden, waren das Lächeln nicht wert. Nun bin ich in Sachen Bahn-Kontakte nicht sehr geübt und ziehe mich ganz gern in mein Schneckenhäuschen zurück. Vor kurzer Zeit erhielt ich aber eine Nachhilfestunde, die bleibenden Eindruck auf mich gemacht hat.

Wir fuhren mit unserem Freund Heino, einem etwas älteren Semester, der für seine Kontaktfreudigkeit bekannt ist, ein paar Stunden in der Eisenbahn. Kaum dass wir unsere Koffer verstaut und unsere Plätze eingenommen hatten, wurde unser Freund seinem Ruf gerecht und bändelte mit der ersten Dame an. Einer pensionierten Lehrerin, wie sich kurz darauf herausstellte.

Drei Haltestellen später stieg eine junge Frau zu, der unser Freund gleich einen Platz anbot und sie mit charmanten Worten und einem Lächeln begrüßte. Weitere drei Haltestellen später gesellten sich zwei Damen mittleren Alters zu uns, die ebenso schnell mit einem Lächeln gewonnen werden konnten. So hatte es unser Freund geschafft, dass sich die Gäste eines Großraumwagens innerhalb kürzester Zeit angeregt unterhielten, statt gelangweilt aus dem Fenster zu starren. Man muss nur den ersten Schritt tun – meist reicht dafür ein Lächeln ...

Beim Weine

Mit Weib, zu fortschreitender Stunde auch mit Gesang, saßen wir beim Weine. Gemütlich und fröhlich unter freiem Himmel. Wie das bei einem guten Tropfen so ist, löste sich alsbald die Zunge und angeregte Gespräche kreisten in der Runde.

Wir kamen auf die lange Geschichte des vergorenen Traubensaftes zu sprechen, darauf, dass kein christliches Abendmahl ohne Wein vorstellbar ist. Klar, man kann auch Traubensaft dazu reichen, aber ganz richtig ist das, glaube ich, nicht.

Landschaften und Länder wie die Pfalz und Frankreich beziehen ihr ganzes Selbstverständnis über den Wein. Milliarden Euro werden mit dem Rebensaft umgesetzt. Wein gehört einfach dazu, waren wir uns einig.

Gerade als unsere kleine gedankliche Weinreise diesen Punkt tiefster Einsicht in das Glas der Wahrheit erreichte, rutschte zwei Tische weiter ein älterer Herr von der Bank und schlug etwas unsanft mit dem Allerwertesten auf den Boden. Sofort eilten wir hinzu, konnten aber feststellen, dass dem fröhlichen Zecher zum Glück nichts geschehen war. Nachdem er sich berappelt hatte, pries er in lallendem Tone die exzellente Güte des von ihm verkosteten Tropfens.

Doch damit nicht genug. Etwas abseits des festlichen Geschehens saß laut grölend eine Gruppe jüngerer Menschen mit einem gehörigen Vorrat an Weinflaschen. Unter ihnen hatten einige bereits einen ähnlichen Grad der Vollkommenheit wie der ältere Herr erreicht.

Das machte uns dann doch wieder nachdenklich. Wie eine Münze hat auch der Wein zwei Seiten. Schon die Bibel rät dazu, das Lebenswasser in Maßen zu genießen. Leider müssen es manche übertreiben.

Die Politik reagiert in solchen Fällen gern mit eifriger Fürsorge. So wurde kürzlich das öffentliche Glücksspiel erheblich erschwert, weil die Gefahr der Sucht besteht. Mit der Folge, dass man jetzt auf umfangreiche Einnahmen verzichten muss, da der Staat die Lotterien selbst veranstaltet. Da fragt man sich doch, ob solche Entscheidungen nach einigen Flaschen Wein gefällt werden. Was dann aber wiederum den Wein davor bewahren dürfte, selbst verboten zu werden. Zum Wohle ...

Baumologie

Oh Tannenbaum: Was wäre das Weihnachtsfest ohne das immergrüne Nadelgehölz? Zwar gehört es erst seit rund 200 Jahren zum Weihnachtsinventar, ist aber mittlerweile ebensowenig wegzudenken wie der Weihnachtsmann.

Aber Tannenbaum ist nicht gleich Tannenbaum. Ein echter muss es bitte schön sein. Ich kann mich noch gut dran erinnern, als mein Vater aus Gründen der Kostenersparnis eines Tages mit einem Plastikbaum ankam. Einmal zahlen und alle Jahre wieder verwenden. Aber nicht bei uns im Wohnzimmer, gab ich deutlich zu verstehen.

Denn neben Zimt- und Apfelgeruch gehört auch der Tannenduft zum runden Fest. Also kramte ich mein Taschengeld zusammen und besorgte einen echten Tannenbaum.

Seither fröne ich einige Tage vor Weihnachten meiner Leidenschaft des Tannenbaumbesorgens und vor allem des Schmückens. Was wäre schließlich so ein nackter Nadelbaum ohne Kugeln und Lametta.

Und auch da habe ich allen Modetrends zum Trotz meine besonderen Vorlieben. Die Kugeln sind mittlerweile viele Jahre alt – wie das Lametta. Denn jeder Alustreifen wird fein säuberlich einzeln über die Zweige gehängt und im Januar einzeln wieder abgenommen und bis zum nächsten Fest verwahrt.

Das klingt schon ziemlich spleenig, ist aber nichts im Vergleich zu dem, was ein Kollege mit seinem Tannenbaum aufführte. Sein »Otto der Feuchte« hat völlig vertrocknet und mumifiziert über zwei Jahre im Wohnzimmer verbringen müssen, bis er endlich feierlich zu Grabe getragen wurde.

Nun, so weit geht meine Liebe zum Tannenbaum nicht. Ich werde meinen Namenlosen bis zu den Heiligen Drei Königen stehen lassen – und dann auf den Müll werfen. »Sic transit gloria mundi: So vergeht die Herrlichkeit der Welt« …

Besinnung

Es ist schon ein eigen Ding um den Sinn. So mancher ist auf der Suche nach dem Sinn des Lebens. Für andere hat das Leben keinen Sinn mehr.

Die Frage nach dem Sinn ist allgegenwärtig. Nie aber so greifbar nah wie an Weihnachten. Beinahe besinnungslos hetzen wir durch die Geschäfte auf der Suche nach Weihnachtsgeschenken.

Warum auch nicht? Wer sich und sein Geld nicht bewegt, kann die Wirtschaft nicht in Schwung bringen. Und ohne wirtschaftlichen Schwung gibt es keine Weihnachtsgeschenke – zumindest keine, mit denen man wirklich Freude bereitet. Oder?

Man stelle sich das Tränenreich vor, das man betritt, wenn der Weihnachtsmann unter dem Tannenbaum die Kinder, statt mit Spielekonsole und Harry-Potter-DVD zu beglücken, mit der Aussage erfreut: »Ich schenke euch meine ganze Liebe.« Solch einen Heiligabend möchte ich nicht erleben.

Nun kann man trefflich darüber lamentieren, dass Weihnachten vom Fest der Liebe zum Fest des Kaufrausches mutiert ist. Allzu schnell aber klingt die Sorge darüber wie ein Vorwurf, ja fast schon wie eine Beschimpfung der Kaufenden. So, als wären sie in ihrer besinnungslosen Hektik der Besinnung nicht mehr fähig.

Die Realität muss man nun einmal so nehmen wie sie ist. Realität ist, dass der moderne Mensch Sinn in der Befriedigung von materiellen Wünschen findet. Realität ist aber auch, dass nach den Tagen, da der Kaufrausch am tiefsten ist, in der Vorweihnachtszeit, die Tage folgen, da man aus dem Rausch erwacht. Zweieinhalb Tage der Besinnung.

Das kann bei manchen wie der Kater nach einer durchzechten Nacht wirken. Wer sich aber mutig der Sinnfrage stellt, wird seine Befriedigung auch darin finden. Gut, dass es Weihnachten gibt ...

Weihnachtsfrau

Man kann nur einen Satz immer wiederholen: Kinder, wie die Zeit vergeht. Es kommt mir vor, als hätte ich gerade gestern den Tannenbaum abgeplündert und auf den Kompost geworfen.

Wo ist sie hin, die Zeit seitdem? Jemand hat mir kürzlich gesagt, dass mit zunehmendem Alter die Zeit schneller zu vergehen scheint. Sollte ich schon so alt sein, dass die Zeit nur so an mir vorbeirast?

Da kommt mir der Advent gerade recht. Ich werde mir mal wieder einen Adventskalender zulegen, um mir die Zeit ein wenig bewusster zu machen. Jeder Tag öffnet mir seine Tür, ich werde ihn betreten und sehen, was in ihm ist.

Na gut, das meiste kann man voraussehen, was da in den nächsten Wochen kommt: Weihnachtsfeiern, Weihnachtsmarkt, Geschenke kaufen, Baum besorgen, Baum schmücken und so weiter und so schön. Das Allerschönste, auf das ich mich in den kommenden Tagen freue, sind die Aufgeregtheit und die glänzenden Augen der Kinder.

Heiligabend werde ich wieder den roten Mantel überwerfen und den Weihnachtsmann mimen. Zum meinem Leidwesen haben meine beiden Enkel mittlerweile rausgekriegt, dass sich unter der Verkleidung Opa verbirgt.

An meiner Enttarnung war ich allerdings nicht ganz unschuldig, denn ich habe die Beobachtungsfeinheit der Kinder unterschätzt. Ich vergaß meinen Ehering abzunehmen.

Nach meinem Auftritt erklärten mir die Kinder, dass der Weihnachtsmann nicht verheiratet ist.

Das lässt sich aber ändern. Ich glaube, ich werde den Kindern erzählen, dass der Weihnachtsmann mittlerweile heimlich geheiratet hat. Zum Beweis stecke ich meine Frau ebenfalls in einen roten Mantel und wir werden gemeinsam auftreten. Dann bin ich wieder der echte Weihnachtsmann mit seiner echten Weihnachtsfrau...

Abwasch

Da ich kürzlich von Wellness schwärmte: Ich habe noch eine ganz eigene Entspannungsmethode, die, so weit mir bekannt ist, noch nicht Eingang in die einschlägigen Wellness-Angebote gefunden hat. Ich wasche gerne ab und zwar ganz klassisch mit der Hand.

Häufig steigere ich die Entspannungswirkung noch dadurch, dass ich den Abwasch ganz früh am Morgen mache, noch bevor ich mir den Waschlappen übers Gesicht ziehe.

Sie werden sich jetzt sicher fragen, was daran so entspannend sein soll, frühmorgens Essensreste von Tellern und aus Töpfen zu kratzen.

Nun, zunächst ist es so etwas wie Meditation. Abwaschen ist eine solch belanglose Tätigkeit, dass man sie geradezu im Schlaf erledigen könnte. Man muss sich kaum drauf konzentrieren, höchstens ein wenig aufpassen, dass man nichts kaputtmacht. Ansonsten kann man das wohlig warme Wasser, in dem man mit den Händen wühlt und spült, im ganzen Körper wirken lassen. Das hat eine durchaus entspannende Wirkung.

Dazu ein wenig Musik, und mir zumindest kommen dabei die besten Gedanken. So manche Glosse ist bereits am Spülstein entstanden. Manchmal hilft mir auch eine neue Erfindung beim Abschalten beim Abwasch. Gern lege ich ein Hörbuch ein, um mir ein bisschen was erzählen zu lassen.

Wie auch immer: Mir kommt keine Spülmaschine ins Haus. Die würde mir nur die schönsten Minuten des Tages rauben.

So mancher wird jetzt denken, der Mann ist nicht ganz dicht. Und schon sehe ich die Angebote auf mich zukommen: »Bei mir zu Hause steht noch genug Abwasch.« Leider muss ich die Angebote dankend ablehnen. Denn auch für den Abwasch gilt: Mann soll nichts übertreiben ...

Engel

Der November: mal abgesehen von diesem Jahr ist er kalt, neblig, ja fast unheimlich. Zeit, um der Toten zu gedenken, scheint doch in keinem Monat sonst das Jenseits so greifbar nahe.

Das bleibt auch den Kleinsten nicht verborgen. Als wir kürzlich mit unseren Enkeltöchtern an einem Friedhof vorbeikamen, fragte die vierjährige Lotti plötzlich: »Wer schleppt mich hier eigentlich hoch, wenn ich tot bin?« Zunächst waren wir etwas irritiert darüber, ein so junges Kind über den Tod nachdenken zu hören. Warum aber nicht? Auch die Kinder werden alsbald entdecken, dass Leben nicht unendlich ist.

Vielleicht, so sagten wir uns, hat sie ja auch schon den Verlust eines Meerschweinchens oder einer von ihr heiß geliebten Kellerassel verkraften müssen.

Nun, so erklärten wir Lotti, dass es Menschen gibt, die andere Menschen, wenn sie denn gestorben sind, unter die Erde bringen. Die nennt man Bestatter. Damit schien das Gespräch beendet.

Dann passierten wir einen Grünstreifen am Wegesrand, der Friedhof war schon weiter weg.

»Eigentlich«, so begann Lotti von neuem, »könnt ihr mich gleich hier unter die Erde bringen.«

Schon wieder sahen wir uns etwas verdutzt an und holten zur Erklärung aus: »Das geht nicht, man kann nur auf dem Friedhof begraben werden. Da hat man seine ewige Ruhe.«

»Die brauche ich nicht«, erwiderte Lotti, »ich komme gleich als Zombie wieder.« Blankes Entsetzen.

Was sieht das kleine Gör nur für Filme? Wir müssen umgehend mit unseren Kindern sprechen.

Da sprang uns unsere ältere Enkeltochter, die sechsjährige Lena, zur Seite: »Lotti, das ist ein Irrtum. Wir kommen nicht als Zombies wieder. Wenn wir tot sind, werden wir Engel!«

»Au ja«, begeisterte sich Lotti, »dann kann ich in der Luft herumfliegen und auf einer Wolke schlafen.

Wenn ich tot bin, will ich auch ein Engel werden« …

Gruselhuhn

Seit ein paar Jahren erfreut sich das Halloween-Fest auch bei uns immer größerer Beliebtheit. Und nicht nur Kinder geben sich in der Nacht zu Allerheiligen dem gruseligen Schauder hin. Symbol des Horrorfestes ist der ausgehöhlte Kürbis »Jack O'Lantern«, der dieser Tage überall herumspukt.

Nun, in diesem Jahr hätte man das Gemüse getrost zu Suppe verarbeiten können. Denn ein Gespenst geht um in der Welt. Der hohle Kürbis ist in seiner Horrorwirkung nichts gegen das gemeine Suppenhuhn, das besessen sein könnte vom bösen Geist der Vogelgrippe. Alles starrt gebannt auf den nächsten Tümpel, ob nicht dort infiziertes Fremdgeflügel landet. Die Angst ist allgegenwärtig.

Entschlossen werden Geflügel und seine Produkte vom Speisezettel gestrichen. Die Weihnachtsgans darf in diesem Jahr dort bleiben, wo die Polen wohnen.

Aber Spaß beiseite. Seuchen sind in der Tat der größte Feind der Menschheit und man tut gut daran, sie frühzeitig zu bekämpfen. Amerika etwa konnte von den Europäern nur deshalb »erobert« werden, weil die Indianer zu Millionen Krankheiten zum Opfer fielen, die die Weißen eingeschleppt hatten. Und beinahe unbemerkt von der Öffentlichkeit stirbt südlich von uns fast die gesamte Bevölkerung des afrikanischen Kontinents an Aids.

Nun ist es ein böses Gerücht, das da behauptet, dass jeder, der aus Afrika die Aids-Krankheit einschleppen will, an der Grenze abgewiesen wird.

Den Gänsen, Enten und Hühnern allerdings, die nur in Verdacht stehen, an Vogelgrippe erkrankt zu sein, geht es sofort an den Kragen. Da kann Witwe Bolte auch noch so laut zetern: Ihres Lebens schönsten Traum hängen wir an den nächsten Apfelbaum. Denn mehr noch als irgendeine Wildgans sind wir längst infiziert – von der Angst vor der Vogelgrippe. Zwar ist die Chance derzeit wesentlich größer, einen Sechser im Lotto zu haben als an der Vogelseuche zu erkranken. Dennoch sind wir irgendwie schon alle vom Virus besessen – in Gedanken. Ein englischer Biologe hat vor einiger Zeit die These aufgestellt, dass auch Gedanken wie Viren wirken können, die einen krank machen. Und es gibt bislang nur ein wirksames Gegenmittel, das man sich verabreichen kann: Gelassenheit ...

Goldene Tage

Gold: Wohl kein Objekt elektrisiert den Menschen so wie das Edelmetall mit dem chemischen Zeichen Au und dem Atomgewicht von knapp 197.

Um in den Besitz des Goldes zu kommen, wurden Kriege geführt, Völker vernichtet und unmenschliche Strapazen auf sich genommen.

Dabei reizten und reizen den Menschen nicht einmal die schönen Dinge, die man aus Gold herstellen kann. Die Spanier schmolzen die von ihnen blutig geraubten wunderbaren Kunstwerke der Inka ein, um das Gold als Barren in die ferne Heimat zu schiffen.

Gold macht süchtig, Gold berauscht. Nicht nur vor hundert Jahren erlagen in Alaska viele tausend Menschen dem Goldrausch. Auch heute noch nehmen Menschen in aller Welt die härtesten Strapazen auf sich, um an ein Nugget oder ein wenig Goldstaub zu kommen – ich selbst bin in Lappland einmal leibhaftigen Goldsuchern begegnet.

Nun sollte man aber nicht glauben, die Goldsucht sei eine Krankheit von abseitigen Abenteurern. Ich denke, dass der Goldrausch uns alle erfasst hat. Man muss für Gold nur unser aus dem »Gold« entstandenes Wort »Geld« einsetzen.

Mal ehrlich: Geht irgendjemand arbeiten, um beschäftigt zu sein und sich die Zeit zu vertreiben? Wohl kaum. Es geht ums Geld. Je mehr man davon kriegt, umso besser. Da kann man es den Hartz-IV-Empfängern auch nicht verdenken, dass so einige mit Tricks ein paar Euro mehr einfahren wollen – sie wollen nur wie jeder andere Mensch auch ihre Sucht befriedigen.

Mich hat allerdings in den vergangenen Wochen noch ein ganz anderer Goldrausch erfasst: die Sucht nach dem Goldenen Oktober. Wer wie ich das Glück hatte, Urlaub zu haben, konnte die goldenen Tage richtig genießen.

Und das schönste ist: Solch ein Goldener Oktober ist mit Gold nicht aufzuwiegen ...

Yesterday

Es war vor vielen Jahren, ich war noch ein ganz kleiner Junge, damals in den verrückten Sechzigern. Mein Zimmer musste ich mit meinen beiden älteren Schwestern teilen, Wohnraum war knapp und teuer damals in Linden.

Wie es sich für einen kleinen Jungen gehört, musste ich früh ins Bett.

Was mich aber nicht weiter störte, wusste ich doch, dass später meine Schwestern kommen würden, sich heimlich eine Zigarette anzündeten und mir eine Geschichte erzählen.

An jenem Abend, an den ich mich wie heute erinnere, hatten meine Schwestern Ausgang, sie durften ins Kino. Und was haben sich junge Mädchen damals schon angesehen? – Natürlich »Help!« von und mit den Beatles.

Als sie dann nach Hause kamen, wurden auch mir die brandheißesten Neuigkeiten aus der Pop-Welt nacherzählt. Von jenem Mann etwa, der ständig fragte: »Wo gehts denn hier nach Liverpool?«.

Untermalt wurde die lebhafte Kino-Erzählung von leisem Gesang und der Glut der Zigaretten, mit der meine Schwestern bunte Figuren ins nächtliche Zimmer malten.

Diese Glut-Figuren sind es, die mir noch immer vor Augen stehen. Flüchtige und vergängliche Zeichen einer geheimnisvollen Welt, zu der ich damals keinen Zutritt hatte.

Längs sind die Zigaretten abgebrannt, die Glut erloschen. Erloschen wie das Leben meiner Schwester Vera.

Nie werde ich unser »Yesterday« vergessen ...

Übermorgen

Vor mir humpelte eine Taube. Rein äußerlich war es sogar ein recht hübsches Exemplar der Gattung. Ins übliche traurige Taubengrau mischten sich ein paar weiße Tupfer. Dafür waren die Krallen verkrüppelt und erlaubten der Taube nur einige Hüpfer. Dann flog sie auf und mir kam ein seltsamer Gedanke.

Früher träumten die Menschen vom Schlaraffenland. Dort sollten einem die gebratenen Tauben geradewegs in den Mund fliegen. Das war früher. Mir rann eher ein kalter Schauer über den Rücken, als ich mir vorstellte, dass das unappetitliche Etwas da vor mir direkt in meinen Mund fliegen sollte.

So weit sind wir vom Schlaraffenland entfernt. Die Tauben, ob gebraten oder nicht, mag niemand mehr. Die Idee von der Völlerei ist durch. Wellness ist angesagt. Im Schlaraffenland von heute würde es höchstens fettarmen Frischkäse, rechtsdrehenden Joghurt und Blattsalat aus ökologischem Anbau geben. Der Dicke wird nicht mehr beneidet, sondern bemitleidet. Dicke dürfen nicht Beamte werden und zahlen mit Sicherheit in Zukunft mehr für die Krankenkasse. »Wohlgenährt« gilt nicht mehr als gesund.

Wahrlich, wir leben in satten Zeiten, und niemand wird ernsthaft bestreiten wollen, dass das nicht auch gut so ist. Aber satt macht bekanntlich träge. Und der Träge bewegt sich ungern – auch im Geiste. Vielleicht sind uns auch deshalb die Träume von einem besseren Irgendwann und Irgendwo abhanden gekommen. Es gibt sie nicht mehr, die Utopie. Alles wird bleiben wie es ist – hoffen wir.

Für viele wird es nur eine Hoffnung bleiben. Denn immer mehr Arbeitsplätze werden irgendwann irgendwohin verlegt. Vielen wird das Geld nicht reichen, sich ökologischen Blattsalat zu leisten.

Das Schlaraffenland liegt hinter uns, die Utopie war gestern. Heute flattern uns die Tauben davon. Und morgen …

Darüberschnee

Der Schnee lag fast einen Meter hoch. Zumindest aus meiner Sicht, denn ich war nur unwestentlich größer damals. Oft ließ ich mich vor Freude hineinfallen und wollte gar nicht wieder aufstehen.

Der Schnee gehörte früher einfach dazu. Täglich waren wir mit unseren Schlitten draußen. So eroberten wir unsere Umgebung. Da gab es die »Babybahn« an der Kirche, auf der es nur ganz lau dahinging, oder die »Todesbahn«, die nur mit einem Sprung zu überwinden war, was schon einiges Geschick verlangte.

Ich kann mich an keinen Winter erinnern, in dem es nicht geschneit hätte. Die Zeiten scheinen wohl endgültig vorbei. In der vergangenen Woche wurde die Landschaft zwar etwas gepudert, der richtige Schnee war es aber nicht.

Mittlerweile soll es Kinder geben, die gar nicht wissen, was ein Schlitten ist. Und viele Erwachsene denken bei »Schnee« nur noch an das weiße Pulver, mit dem sich die Schickeria schön dusselig im Kopf macht.

Wenn dann doch einmal ein paar Flocken vom Himmel rieseln, bricht in der Autofahrergesellschaft sofort die Panik aus. Natur wird mittlerweile nur noch als Katastrophe erlebt.

Für mich hatte Schnee immer eine magische Kraft. Unbeschreiblich ist die Stille, in der die Flocken tanzen. Tanzen ohne Musik – wann kann man das schon erleben? Schnee verwandelt die Landschaft grundlegend. Wo vorher Bäume oder Häuser waren, sind nur mehr Konturen erkennbar. Alles ist eingepackt, das darunter muss man sich vorstellen.

Das gilt auch für die Menschen, die dick eingemummelt sind. Gerade deswegen hat der Winter auch etwas Erotisches.

Ein Spiel von Verhüllung und Enthüllung. Der Moment der Verhüllung gehört der Fantasie.

Mit der Enthüllung folgt die schlaffe Realität ...

Nachleben

Wie fängt man es an, Worte dahinzusetzen, wo nur sprachlose Trauer ist? Vielleicht helfen Bilder. Unter dem Nachlass meines Vaters fand sich eine alte Blechkiste, ihrem ramponierten Zustand nach zu urteilen, stammte sie wohl aus der Nachkriegszeit. Drinnen fanden sich Fotos und Dokumente, die Geschichte eines Lebens, von dem auch ich ein Teil war.

Obenauf lagen ein paar Farbbilder, entstanden in den vergangenen Jahren bei Familienfeiern wie Geburtstagen und meiner Hochzeit. Darunter dann Fotos von unbeschwerten Urlaubstagen in den Bergen. Da stieß man schon auf Personen, die man längst vergessen hatte, und andere, die bereits das Erdenrund verlassen haben.

Der Kreis derer wurde immer größer, je tiefer man im Stapel in die Zeit zurückging. Mit den sechziger Jahren wurde die farbige Welt dann schwarzweiß. So bekommen die Bilder auch von außen etwas Trauriges, die fast ausschließlich Menschen zeigen, die bereits verstorben sind. Zu vielen fiel mir nicht sofort der Name ein, auch wenn ich auf den Bildern zu sehen bin, auf den Armen von Onkel und Tante. Jung waren sie damals, sahen ganz anders aus, als ich sie in Erinnerung habe. Eine glückliche Zeit muss das gewesen sein, in den fünfziger und sechziger Jahren. Viele Bilder zeigen ausgelassene Feiern. Meine Großeltern entdecke ich, sichtlich stolz und froh mit ihren Enkeln.

Dann plötzlich enden das Glück und die Feierstimmung. Soldaten und ernst blickende Frauen sind auf kleinen Fotos mit zackigen Rändern zu sehen. Daneben liegen Dokumente, die von Bombennächten, Flucht, Gefangenschaft und Wiederaufbau berichten. Das Leben meines Vaters vor meinem Leben. Die Zeit, die tiefe Spuren in seiner Seele hinterließ. Er sagte einmal, er könne nicht mehr weinen, da er damals so viele Tränen vergoss.

Dann kommen auch mir die Tränen. Ein Bild aus den dreißiger Jahren zeigt meinen Vater als kleinen Jungen.

Und ganz plötzlich ist sie wieder da, die sprachlose Leere – und die Liebe ...